河出文庫

勝手に生きろ!

C・ブコウスキー
都甲幸治 訳

河出書房新社

勝手に生きろ！

ジョン＆バーバラ・マーティンに

ライオンが草を食べているところなんか、小説家が見たがるわけがない。ただ一人の神が、か弱い子羊と血に飢えたオオカミの両方を創り出し、「これを善しと観たまへり」(創世記第一章一八)てニヤリと笑ったことに、彼は気づいているのだ。

アンドレ・ジイド

1

おれがニューオリンズに着いたのは雨のなか、朝の五時だった。しばらくのあいだバスターミナルでボサッとしてたが、そこらにいるやつらを見てたら落ち込んできたから、スーツケースを持って雨のなかを歩きはじめた。どこに下宿屋があり、どこに貧乏人が住んでいるかもわからなかった。

ボール紙製のおれのスーツケースはぼろぼろだった。昔は黒かったが、今では塗料もはげて、黄色いボール紙が剝き出しだった。しかたなく、靴墨を塗ってなんとかごまかしていた。雨のなかを歩き続けているあいだ、その靴墨が流れ出して、左右に持ちかえるたびにズボンに黒いスジをなすりつけていた。

まあしかしだ、新しい街に来たんだ。なんかいいこともあるだろう。

雨がやみ、陽が差してきた。おれは黒人街にいた。そのままゆっくり歩き続けた。

「**ねえ、そこの貧乏白人！**」

おれはスーツケースを地面に置く。どうやら白と黒の混血らしい女が、どこかの家の玄関先の階段に坐り、脚をブラブラさせていた。いい女だった。

「**ねえ……**」

おれはなにも言わなかった。ただじっと女を見ていた。

「**女が欲しいんじゃないの、ねえ、貧乏白人？**」

女はおれをあざ笑った。脚を高く組んだかと思うと、そのまま蹴り上げた。いい脚だ。おまけにハイヒール。脚を蹴り上げ笑っている。おれはスーツケースを持ち上げ、玄関へ歩きだす。そのときふと、左側にある窓の脇のカーテンがほんの少し動いたのに気づいた。黒人の男の顔が見えた。ジャージー・ジョー・ウォルコットみたいな野郎だった。おれは歩道に引き返した。歩いて行くあいだ、うしろから女の笑い声がずっと聞こえていた。

2

おれはバーの向かいの二階の部屋にいた。そのバーはギャングプランク・カフェという名前だった。部屋のなかにいるだけで、開けっぱなしのバーのドアから店内が見通せた。荒っぽい顔や、どこか惹かれる顔が見えた。おれは夜、部屋にこもってワインを飲み続け、バーの連中たちの顔を見ていた。金はなくなっていった。昼間はずっと、なるべくゆっくり散歩した。ベンチに坐り、鳩を見ながら何時間も過ごした。できるだけ金が減らないように、一日一食にした。薄汚いマスターのやってる薄汚い喫茶店を見つけた。汚くたって、ホットケーキやソーセージの朝めしが腹一杯、おそろしく安く食える。

3

ある日おれはいつものように、表へ出て街をぶらついていた。いい気分で、リラックスしていた。太陽の光はやわらかで、言うことはなかった。街は平穏そのものだった。四つ角と次の四つ角のちょうど真ん中あたりの店の入口に、男が立っていた。おれはそのまま通り過ぎた。

「ねえ、**あんた！**」

おれは立ち止まり、振り返った。

「仕事探してんじゃないの？」

おれはそいつが立ってるところまで戻った。やつの肩ごしに、暗くて大きな部屋が見えた。長いテーブルがあり、その両端に男女が何人も立っていた。みんな手に金槌を持ち、目の前にあるものを繰り返し叩きつぶしていた。どうやら蛤(はまぐり)らしい。暗闇に、二枚貝のようなものがぼんやり見えた。蛤みたいな臭いがした。おれは顔をそむけ、そのまま大通りを歩き続けた。

親父が毎晩家に帰ってきてから、おふくろを相手にえんえんと仕事の話をし続けたことを思い出した。親父が玄関のドアを開けると同時にいきなり仕事の話は始まり、夕食の最中だろうがなんだろうが、八時に親父が寝室から「**電気を消せ**」と叫ぶまで続いた。親父はそうやって充分な休息を取り、翌日の仕事のための英気を養ったというわけだ。とにかく仕事の話、それしかなかった。

曲がり角で別の男に呼び止められた。

「なあ、おい、あんた」彼はそう話し出した。

「え?」

「まあ聞けよ。おれは第一次大戦に行ったんだぜ。お国のために命がけで闘ったんだ。なのに誰もおれを雇おうとしない。誰も仕事をくれない。おれに感謝してるやつなんて一人もいやしない。なあ、腹ペコなんだ。助けてくれよ」

「おれだって、仕事なんてないぜ」

「おまえ、働いてないのか?」

「そういうこと」

そいつを放ったらかして歩きだした。大通りを横切り、向こう側に渡った。

「**嘘つき!**」彼は叫んだ。「**働いてんだろ! 仕事あんだろ!**」

数日後、おれは仕事を探しはじめた。

4

男は事務机の向こうに坐っていた。補聴器をつけていて、耳から垂れたコードが顔の横を通り、シャツのポケットに隠れた本体に繋がっていた。薄暗くて感じのいい事務所だった。着古した茶色のスーツに皺だらけの白シャツを着て、縁の擦り切れたネクタイをしめている。男はヘザークリフという名前だった。

地元紙の求人広告の中で、おれの部屋から近いのがここだった。

未来を見つめる、熱意あふれる若者求む。経験不問。配送係からの昇進もあり。

五、六人の若いやつらといっしょに、おれは外で待っていた。みんながみんな、なんとかやる気まんまんに見せようとしていた。申込用紙に記入したあと、おれたちは自分の番を待っていた。おれが呼ばれたのは最後だった。

「チナスキーさん、どうして鉄道貨物の操車場を辞めたんですか？」

「ええっと、鉄道にはなんの未来も感じられなかったからです」

「組合は強いし、医療保険や恩給があるのに？」

「おれの年齢では、恩給なんて関係ないですよ」

「なんでニューオリンズに来たんです？」

「仕事の邪魔になる悪い仲間が、ロサンゼルスには多過ぎたんですよ。それで、煩わしいやつがいない場所に来て、仕事に打ち込もうと思って」

「すぐに辞めたりせずに、ある程度続ける気はありますか？」

「わかりません」

「どうして？」

「この職場には熱意のある若者の未来がある、と求人広告に書いてありましたよね。だったら、もし未来がないとわかれば辞めなくちゃならないでしょう」

「君、なんでひげを剃ってないの？　博打でスッたのかい？」

「いや、まだ」

「まだって？」

「ひげを生やしたままで、今日中に職にありついてやるって大家さんと賭けをしたんです」

「ああ、わかったわかった。結果は後で連絡するから」

「あの、うちに電話ないんですけど」

「それだったら大丈夫、チナスキーさん」
おれは会社を出て自分の部屋へ戻った。汚れた廊下を通ってバスルームへ行き、熱い風呂を浴びた。それから服を着て、表に出てワインを買う。部屋に戻り、窓際に腰かけて飲みながら、バーの内部や通り過ぎる人々を見ていた。おれはゆっくりと飲み続け、それから銃を手に入れ、さっさとことをすましちまおうと思い始めていた――なにも考えずに黙って。度胸の問題だ。自分に度胸があるかはあやしいものだった。ベッドに行って眠り込んだ。夕方の四時ごろ、ノックの音で目が覚めた。ウェスタンユニオンの配達人だった。おれは電報を開けた。

H・チナスキー殿。明日の朝八時に出勤されたし。R・M・ヘザークリフ有限会社

5

そこは雑誌の配送会社で、おれたちは荷造り台の前に立ち、伝票と中身が合ってるかどうか注文品を確認するという役目だった。それから伝票にサインして、街の外の配送分を梱包し、それ以外は地元のトラック配達用にまとめておく。仕事は簡単でつまらなかったけど、係員はいつもあくせくしていて、仕事のことで苛立っていた。そこにいるのは若い男女ばかりで、監督は見当たらなかった。何時間か経ってから二人の女が喧嘩を始めた。雑誌のことでなにやら口論している。おれたちはマンガ本を梱包していた。その同じ台の向こう側でなんかマズいことが起こっている。言い争っているあいだにも、二人の女は激昂していった。

「なあ、おい」おれは言った。「こんなクソ雑誌のことで喧嘩したってしょうがないだろう」

「そうよね」片方の女が言った。「あたしたちわかってんのよ。あんたが、おれはこんな仕事をやる人間じゃないって思ってることぐらい」

「こんな仕事だって？」

「そうよ。態度ににじみ出てるもの。あたしたちが気づかないとでも思ってるの？」

ただ仕事を**する**だけではなく、その仕事に興味を持ち、しかも情熱を持ってこなさなきゃならないと知ったのは、そのときが初めてだった。

おれはそこで三、四日働き、金曜日にはその週の給料をもらった。黄色い封筒に、緑のドル紙幣と小銭が細かい額まできっちり入っていた。現金払い。小切手はなし。仕事をあがるころになって、トラックの運転手がいつもより少しだけ早く帰ってきた。やつは重ねた雑誌の上に坐って一服した。

「そうなんだよ、ハリー」やつは従業員の一人に言った。「今日、給料が上がったんだ。

二ドルも上がったんだぜ」

仕事が終わってから、おれは途中でワインを一瓶買い、部屋まで上がって飲み、それから下に降りて会社に電話した。なかなか出なかった。ようやくヘザークリフさんが出た。まだ会社にいたのだ。

「ヘザークリフさんですか？」

「そうですが？」

「チナスキーです」

「ああ、なんだい、チナスキー？」

「二ドル上げてほしいんですよ」

「あんっ？」

「トラックの運転手が上げてもらってたでしょ」

「やつは二年も勤めてるんだよ」

「上げてもらわなきゃ困るんです」

「週一七ドルを、一九ドルにしてほしいって言ってるのか？」

「ええ、上げてもらえますか？」

「そりゃ無理だよ」

「なら辞めます」おれは電話を切った。

6

月曜日は二日酔いだった。おれはあごひげを剃り落とし、求人広告を一つ一つたどっていった。おれは編集主幹と向き合って坐っていた。彼はワイシャツ姿で、目の下がげっそりと窪んでいた。まるで一週間寝ていないようだった。彼は街にある二つの新聞社のうち、小さいほうの組版の部屋だった。そこは涼しくて暗かった。男たちは机に坐り、電気スタンドの下で印刷用の原稿を読んで、活字を組んでいた。

「週一二ドルだ」彼は言った。

「わかりました」おれは言った。「働かせてもらいます」

おれは背の低い太った男と働くことになった。不健康な感じの太鼓腹だった。彼は古臭い金鎖の懐中時計をつけ、ベストを着て、緑の日除け帽をかぶり、唇は厚ぼったく、浅黒いむくんだ顔をしていた。顔の皺には、味わいも個性もなかった。ボール紙を何度も畳み、グチャグチャにしてから広げたような顔だった。やぼったい靴をはき、タバコを噛んで、足下の痰壺めがけて唾を吐いていた。

「ベルジャーさんは」あの睡眠不足の男について、やつはこう語った。「この会社を立て直すために一生懸命働いたんだよ。あの人はいい人だ。あの人がいなかったら、この会社は倒産してただろうね」

やつはおれを見た。「普通、この仕事は大学生にやらせるんだけどね」

こいつは蛙だ、おれは思った。こいつは蛙そのものだ。

「つまり」彼は言った。「ふだんこの仕事は学生がやってるってことなんだよ。呼ばれるのを待ってるあいだ、本をじっくり読んでられるからね。あんた学生かい？」

「いえ」

「この仕事は学生がやるもんなんだけどね」

おれは自分の仕事部屋に戻って腰かけた。部屋は引き出しの列で埋まっていて、引き出しのなかには広告用の亜鉛版が入っていた。たいていの図版は繰り返し何度も使われた。あらかじめ組んである顧客の名前やロゴなんかもあった。太った男が「**チナスキー！**」と叫ぶと、おれはやつがどの広告や活字が欲しいのか聞きに行くのだ。ライバルの新聞社に活字を借りに行くこともよくあった。向こうもうちに借りに来た。それはおれにとって気分のいい散歩だったし、途中の路地裏でビール一杯五セントで飲める店も見つけた。しょっちゅう太った男に呼ばれるわけでもなかったから、その店がおれの行きつけの場所になった。太った男は、おれがいないことに気づきはじめた。初めは冷たい目でおれを見るだけだったが、そうこうするうち、ある日やつはこう訊いてきた。

「どこへ行ってたんだ？」

「いや、ビールを一杯ひっかけてたんですよ」

「学生向きの仕事なんだぞ、これは」

「おれ、学生じゃないですから」

「どうやらクビにするしかなさそうだな。呼べばいつでもここにいるやつじゃないとな」

　太った男はおれをベルジャーのところへ連れて行った。ベルジャーはいつものように疲れた顔をしていた。「これは学生のやる仕事なんですよ、ベルジャーさん。こいつには合ってないみたいだ。やっぱりこの仕事は学生じゃないとね」

「わかった」ベルジャーは言った。太った男はペタペタと歩いて行った。

「何日働いた?」ベルジャーが尋ねた。

「五日」

「オーケー。これを会計に持ってけ」

「ベルジャーさん。聞いて下さいよ。あいつ、ほんと、どうしょうもなくムカつく野郎なんですから」

　ベルジャーは溜息をついた。「ああ、わたしがそれを知らないとでも?」

　おれは会計へ向かった。

7

おれたちはまだルイジアナにいた。テキサスを列車で突っ切る長い道のりは、まだまだこれからだった。缶詰をもらったが缶切りがなかった。おれは缶詰を床に置き、木の座席の上に体を伸ばして寝そべった。他の男たちは客車の前方に固まって坐り、しゃべったり笑ったりしていた。おれは目を閉じた。

十分後、おれは座席の隙間から舞い上がる埃に気づいた。それはすごく古い棺桶の埃で、死の臭い、長いあいだ死んでいたものの臭いがした。鼻の穴に入り、眉毛にひっつき、口のなかまで入ってこようとする。それから荒い息遣いが聞こえた。座席の向こう側にうずくまり、隙間を通しておれの顔に埃を吹きかけている男の顔が見えた。おれは起き上がった。男はそこから這い出して、車両の前方まで走って行った。おれは顔を拭き、男をポカンと見つめた。信じられなかった。

「もしあいつが来たら、おまえら、助けてくれよ」やつが言うのをおれは聞いた。「約束だぞ……」

そいつら全員が振り返っておれを見た。おれはまた座席の上に寝ころがった。やつらが話しているのが聞こえた。

「あいつ、いったいどうしたんだ？」「まったく、何様のつもりだよ？」「黙ったきりでさ」「あそこに一人で寝っころがったままだ」

「連れ出して線路の上でやっちまおうぜ、あいつ」

「やれるかなあポール？　あの野郎、なんか頭おかしいみたいだぜ」

「おれがやれなきゃ誰かがやるよ。とことん焼きを入れてやろうぜ」

しばらくして、おれは水を飲もうと車両の前方へ歩いて行った。おれが近づくと、やつらはしゃべるのをやめた。みんな黙って、おれが水を飲むのを見ていた。そしておれが自分の席へ戻ると、とたんに話しはじめた。

昼も夜も、列車は何度も停まり続けた。少しでも草地があり、近くに小さな町がある所に停まると、一人か二人の男が飛び降りた。

「おい、コリンズとマルティネスはどうした？」

親方は紙ばさみを取り出すと、彼らの名前の上にバッテンをつけた。彼はおれのところへ歩いてきた。「おまえ、誰だ？」

「チナスキー」

「おまえも飛び降りないのか？」

「いや、仕事が欲しいから」

「オーケー、わかった」彼は立ち去った。

エルパソで親方がやって来て、列車を乗り換えろとおれたちに言った。おれたちは近くのホテルに泊まれる宿泊券と、地元のカフェの食事券をもらった。それから、いつどこでどうやって翌朝の列車に乗り込むかを指示された。

男たちが食べているあいだ、おれはカフェの外で待ち、やつらが歯をほじったり、しゃべったりしながら出てきたあとでなかに入った。

「ぶん殴ってやる、あのクソ野郎！」

「いけすかねえ野郎だぜ、あいつ」

おれはなかに入り、ハンバーグステーキと、つけ合わせに玉ネギと豆を頼んだ。パンのバターはなかったが、コーヒーはうまかった。おれが店を出ると、やつらは消えていた。浮浪者が歩道を歩いてきた。おれはそいつにホテルの宿泊券をやった。

その晩は公園で寝た。どう見たって、そっちのほうが安全だった。おれは疲れ切っていて、公園の硬いベンチも気にならなかった。おれは眠り込んだ。

しばらくして、唸り声のような音で目を覚ました。おれはワニが唸るとは知らなかった。正確に言うと、唸り声以外の音もいくつか含まれていた。唸り声、ハッとして息を飲む音、シューシューと息を吐く音。顎をピシャッと閉じる音も聞こえた。池の真ん中で、酔っ払った船乗りがワニの尻尾を捕まえていた。ワニは体をねじってなんとか船乗りに食いつこうとしていたが、どうやら無理らしい。顎は見るからに恐ろしかったが、その動きはひどくゆっくりしていて、上下のタイミングが合ってなかった。もう一人の船乗りと若い娘がそれを見て笑っていた。それから船乗りは娘にキスをし、ワニと闘う船乗りを残して去った。

次に太陽で目が覚めた。シャツが熱かった。焼けつくようだった。船乗りもワニもいなかった。東のほうのベンチには、女の子が一人と若い男が二人坐っていた。どうやらやつらも、この公園で夜を明かしたらしい。若い男の一人が立ち上がった。

「ミッキー」女の子が言った。「あんた朝立ちしてるじゃない!」

やつらは笑った。

「おれたち、いくら持ってんだ?」

やつらはポケットを探った。出てきたのは五セント一枚だった。

「どうしようか?」

「わかんない。とりあえず歩こうよ」

やつらが歩きはじめ、公園を出て、街に消えていくのをおれは見ていた。

8

列車がロサンゼルスに着くと、おれたちは二、三日途中下車することになった。また宿泊券と食事券が配られた。おれは最初に会った浮浪者に宿泊券をやった。食事券の使えるカフェを探していると、ニューオリンズから乗ってきた男が二人、前を歩いているのが見えた。おれは足を速めてやつらに追いついた。

「よお、元気か？」おれは尋ねた。

「おかげ様で」

「ほんと？　なんか困ってることない？」

「いや、別に」

おれはそのままやつらを追い越し、カフェを見つけた。ビールがあったので、食事券でビールをもらった。列車の連中がみんないた。食事券を使ってしまうと、両親の家に帰る市電分の小銭しか残ってなかった。

9

おふくろはドアを開けると叫んだ。「**あら！　あんただったの、まあ！**」

「眠たいんだ」

「あんたの部屋、いつでも眠れるようにしてあるわよ」

おれは寝室へ行き、服を脱いでベッドにもぐり込む。午後六時におふくろに起こされた。「お父さんが帰って来たわよ」

おれは起き上がって服を着はじめた。部屋に入ると、テーブルには夕食が並んでいた。親父は大男でおれより背が高く、茶色の目をしていた。おれのは緑だ。親父の鼻はでか過ぎたし、誰もが気づかずにいられないその耳は今にも頭から飛び出しそうだった。「いいか」親父は言った。「もしこの家にいるつもりなら、部屋代と食費、洗濯代は払ってもらうぞ。職を見つけたら、そのぶんを払い終えるまで毎月の給料から引くからな」

食事のあいだじゅう、みんな黙りこんだままだった。

10

おふくろはちょうど職を見つけたところで、次の日から働くことになっていた。だから家にはおれ一人だった。朝食のあと、両親が家を出ると、おれは服を脱いでベッドに戻った。マスをかき、上空を飛ぶ飛行機の日時を古い学習ノートに記録し、その数字の周りを卑猥な絵で陽気に飾った。部屋代、食費、洗濯代と称して、親父が恐ろしく高い金をふっかけてくるだろうことや、それでも控除になるようにおれを扶養家族に入れることはわかっていた。でも職を探す気にはなれなかった。

　ベッドでぼんやりしていると、頭のなかで妙な感じがした。まるで頭が綿でできているような、頭が小さい風船になったような感覚だった。頭のなかに隙間ができた感じなのだ。わけがわからなかった。そのうち、そのことでくよくよするのはやめた。気分は良かったし、なんの苦痛も感じなかった。シンフォニーを聴き、親父のタバコを吸った。

　起き上がって居間へ行く。通りを隔てた向こう側に若妻が住んでいた。短くてぴったりした茶色の服を着ていた。彼女はちょうど、向かいの玄関先の階段に坐っていた。服のなかが丸見えだった。カーテンのうしろから、彼女の服をじっくり観察した。興奮してきた。結局もう一度マスをかいた。おれは風呂に入り、服を着て、ぼんやりタバコを吸っていた。午後五時ごろ家を出て散歩した。一時間くらい歩いた。

　帰ってくると両親が家にいて、夕食の用意ができていた。寝室へ行き、呼ばれるのを待った。呼ばれて食堂へ行った。

「どうだ」親父は言った。「仕事は見つかったか？」

「いや」

「おい、やる気さえあれば、仕事なんて誰でも見つけられるもんだぞ」

「かもね」

「まったく、おまえがおれの息子だなんて信じられんよ。おまえには向上心もやる気もない。いったいこの世間で、どうやって暮らしていくつもりなんだ？」

親父は口のなかにグリーンピースをいくつか放り込むと、もう一度話し出した。「**なんだ**、このタバコの煙は？　ああ、もう。さっきも窓を開けたんだぞ。部屋が**真っ青**だったじゃないか！」

11

次の日、両親が家を出てからしばらく、ベッドに戻っていた。それから起き上がって居間へ行き、カーテンのあいだから覗いてみた。道の向こうの階段に、若妻がまた坐っていた。今日はもっとセクシーな服を着ていた。おれは長いこと彼女を見ていた。それから時間をかけて、じっくりとマスをかいた。

風呂に入ってから服を着た。台所にあった空き瓶を何本か食料品店で換金した。大通りでバーを見つけてなかに入り、生ビールを注文した。ものすごい数の酔っぱらいがいて、ジュークボックスが鳴っていた。全員が大声でしゃべり、笑っていた。ときどき新しいビールがおれの前にきた。誰かのおごりだった。おれは飲んだ。みんなと話しはじめた。

それから外を見た。夕方で、ほとんど真っ暗だった。ビールは来続けた。バーの経営者の太った女も相棒の男も、二人とも愛想がよかった。

おれは一度、誰かと喧嘩になって表へ出た。チンケな喧嘩だ。お互い酔い過ぎてたし、駐車場のアスファルトは大きな穴だらけで、足を取られそうだった。おれたちは喧嘩をやめた……。

だいぶ遅くなってから、おれはバーの奥にある、赤い布張りソファのボックス席で目を覚ました。起き上がってあたりを見回した。誰もいなかった。時計を見ると、三時十五分だった。ドアを開けようとしたが、鍵がかかっていた。カウンターのなかに入ってビールを一本見つけ、栓を抜いて席に戻った。それから、葉巻とポテトチップスを一袋持ってきた。ビールを飲んでしまうと立ち上がって、ウォッカとスコッチを一瓶ずつ見つけ、もう一度席に着いた。両方とも水割りにした。おれは葉巻を吸い、ビーフジャーキー、ポテトチップス、固茹で卵を食べた。

朝五時まで飲んでいた。それからカウンターの掃除をし、全部片づけて外へ出た。するとパトカーが近づいてきた。歩いていると、ゆっくりあとをつけて来た。

一ブロックほど行ったところでパトカーは歩道に横づけに停まり、警官が顔を出した。

「ちょっと、君！」

おれは顔に懐中電灯を突きつけられた。

「なにしてるんだ？」

「家に帰るんです」

「ここら辺に住んでるのか？」

「ええ」

「どこだ？」

「ロングウッド通り二一二二」

「バーから出てきたりして、おまえいったいなにしてたんだ？」

「掃除夫なんですよ」

「あのバー、誰が経営してるのか言ってみろ」

「ジュエルって女です」

「乗れ」

おれはそうした。

「どこに住んでるか案内しろ」

やつらはおれを家まで乗せてきた。

「さあ、降りてベルを鳴らしてこい」

おれは歩道から玄関まで歩いた。入口にたどり着き、ベルを鳴らした。反応はなかった。

もう一度鳴らしてみた。それから何度も鳴らした。やっとドアが開いた。おふくろと親父がパジャマにガウン姿で立っていた。

「おまえ、酔ってるじゃないか！」親父が叫んだ。

「ああ」

「飲み代をどうやって手に入れたんだ？　金なんか持ってないくせに！」

「だから、働くよ」

「酔っぱらい！　酔っぱらい！　おれの息子は酔っぱらいだ！　おれの息子は、くそったれの、ろくでなしの酔っぱらいだ！」

親父の髪は固まっていくつもの房になり、ムチャクチャに逆立っていた。眉毛はぼうぼうで顔はむくみ、眠っていたせいで赤くほてっていた。

「そんな、人殺しでもしたみたいにギャアギャアわめかないでよ」

「似たようなもんだ！」

「……うわあ、やばい……」

突然おれは「生命の木」の模様の入ったペルシャ絨毯の上に吐いた。おふくろが絶叫し、親父が突進してきた。

「犬が絨毯にクソしたら、どうするか知ってるか？」

「ああ」

親父はおれの襟首を掴むと、その手をぐっと下ろし、おれの体を折り曲げようとした。

無理やり床に膝をつかせようとしていた。

「見せてやる」

「やめてよ……」

おれの顔は今にもゲロに突っ込みそうだった。

「どうするか見せてやる！」

おれはパンチを繰り出した。きれいに決まった。親父はうしろによろめきながら部屋の隅まで行き、ソファにへたり込んだ。おれは親父を追った。

「立てよ」

親父は坐ったままだった。おふくろの声が聞こえた。「**あんた、親を殴ったわね！　親を殴ったわね！　親を殴ったわね！**」

おふくろは叫び、爪を立てておれの顔をひっ掻いた。

「立てよ」おれは親父に言った。

「**親を殴ったわね！**」

もう一度おふくろがおれの顔をひっ掻いた。おれはおふくろのほうを向いた。おふくろは反対側をひっ掻いた。血がおれの首に流れ、シャツ、ズボン、靴、絨毯を濡らした。おふくろは手をぶらりと下げて、茫然としていた。

「気がすんだ？」

おふくろは答えなかった。おれは寝室に向かいながら、早いとこ仕事を見つけたほうがよさそうだと思った。

12

次の朝、両親が出かけるまで、おれは自分の部屋にいた。それから新聞を取って、求人欄を見た。顔が痛かった。まだ気分が悪くて、吐きそうだった。求人広告にいくつか丸をつけ、できるだけきちんとひげを剃り、アスピリンを何錠か流し込み、服を着て、大通りまで歩いた。おれは親指を立てた。車が何台も通り過ぎた。やっと一台停まった。おれは乗り込んだ。

「ハンクじゃないか！」

そう言ったのは、古い友達のティミー・ハンターだった。いっしょにロサンゼルス市大に通った仲だ。

「最近なにやってんの、ハンク？」

「仕事を探してるんだよ」

「今これから南カリフォルニアに行くところなんだ。どうした、その顔？」

「女にひっ掻かれた」

「ほんとに？」

「ああ、なあ、ティミー、一杯やらないか？」

ティミーはすぐ近くのバーで車を停めた。おれたちはなかに入り、ティミーがビールを二本注文した。

「どんな仕事を探してるんだ？」

「陳列係とか、発送係とか、用務員」

「ねえ、おれ、家に帰れば金はあるんだ。イングルウッドにいい飲み屋があるぜ。行こうよ」

ティミーは母親と住んでいた。部屋に入ると、おふくろさんが新聞から顔を上げた。

「ハンク、ティミーを酔わせないでね」

「こんちは、おばさん」

「前にあんたとティミーが飲みに行ったとき、結局二人とも警察のお世話になったでしょ」

ティミーは持っていた本を寝室に置いて出てきた。

「さあ、行こう」彼は言った。

店内はハワイ風でごった返していた。男が電話口で話している。「誰かトラックを取りに来させてくれ。酔っぱらって運転できねえんだよ。ああ、クビだってことぐらいわかってる。とにかくトラックを取りに来りゃいいんだよ！」

ティミーの払いでおれたちは飲んだ。ティミーと話すのは、まあ楽しかった。若いブロンドの子が目配せして、おれに脚を見せた。ティミーは話し続けた。大学時代の話だ。ロッカーにワインボトルを入れてたこと、ポポフと木でできた銃のこと、ポポフと本物の銃のこと……、ウェストレイク公園でボートの底を撃ち抜いて沈めたこと、大学の体育館で続いたストライキのこと……。

飲物はじゃんじゃん来た。ブロンドの子は誰かと消えていた。ジュークボックスが鳴っていた。ティミーはしゃべり続けた。暗くなってきた。おれたちは酒を断られるくらい酔ってしまって、別の酒場を探し歩いた。夜十時だった。二人ともふらふらだった。通りは車であふれていた。

「なあ、ティミー。少し休もうぜ」

見ると遺体安置所があった。コロニアル様式の大邸宅みたいで、ライトアップされていた。広くて白い階段が玄関まで続いている。

ティミーとおれは階段を半分まで登った。それからおれは、やつをそろそろと段の上に寝かせた。脚を真っ直ぐにし、両腕をきちんと体の横につけてやった。それから、ティミーの一段下に同じ姿勢で横たわった。

13

目が覚めるとどこかの部屋にいた。一人だった。ちょうど夜が明けてきたところだ。寒かった。ワイシャツ一枚しか着てなかった。なんとか考えようとした。硬いベッドから起き上がり、窓際まで行った。鉄格子がはまっていた。太平洋が見渡せた（どういうわけか、おれはマリブビーチにいるらしかった）。一時間ほどしてから、金属の皿と盆をカタカタいわせて看守がやって来て、朝食を小窓から差し入れた。おれは海の音を聞きながら床で食べた。

四十五分後、外に連れ出された。男たちが束になって、長い鎖に手錠で繋がれていた。おれは最後尾について両手を差し出した。看守が言った、「おまえは違う」おれは自分用の手錠をはめられた。警官が二人、おれをパトカーに乗せて発車した。

カルヴァーシティに着くと、車は裁判所の裏手に停まった。降りるとき、警官が一人ついて来た。裏口に回って中へ入り、法廷のいちばん前の列に坐る。おまわりがおれの手錠を外した。ティミーの姿はどこにも見えない。例によって、裁判官が出てくるまで長いこと待たされた。おれの審理は二番目だった。

「被告人は、公衆の面前での酩酊、並びに往来妨害で告訴されている。これは十日間の拘留、もしくは三〇ドルの罰金刑に当たる」

おれは自分の有罪を認めた。往来妨害ってのがなんのことかはわからなかったが。警官に連れられておれは階段を下り、パトカーのうしろの席に坐らされた。「おまえ、軽くてすんだな」警官は言った。「おまえら二人は道路を一マイルも渋滞させたんだぞ。こんなの、イングルウッドの歴史はじまって以来だ」

そして警官は、おれをロサンゼルス郡刑務所まで送り届けた。

14

その夜、三〇ドル持って親父がやって来た。刑務所を出るとき、親父の目が濡れていた。

「おまえは、かあさんとおれに恥をかかせたんだぞ」親父はそう言った。「チナスキーさん、**お宅の息子さん**がなんでまたこんなところに？」と親父に尋ねた警官は、親父とおふくろの知り合いだったらしい。

「まったく、恥ずかしいったらありゃしない。自分の息子が刑務所に入るなんて」

おれたちは親父の車に乗り込んだ。親父は車を出した。まだ泣いていた。「国が戦争中だってのに、おまえには行く気もないじゃないか……」

「精神科医が、おれは不適格だって」

「なあおい、もし第一次世界大戦がなかったら、おれはかあさんと出会ってなかったし、そしたらおまえも生まれてないんだぞ……」

「タバコある？」

「なのに、おまえは刑務所だ。そんなことして、かあさんを殺す気か？」

車は大通りを下って、安酒場の前を何軒か通り過ぎた。

「ねえ、一杯飲もうよ」

「なんだって？　おまえ、酔っぱらって刑務所に入って、今出てきたばかりだってのに、まだ飲みたりないのか？」

「こんなときこそ、酒なしじゃいられないって」

「おい、間違ってもかあさんの前でそんなこと言うんじゃないぞ。刑務所から出てきてすぐ酒を飲みたいなんて」

「一発やりてえな」

「えっ？」

「女と一発やりてえって言ったんだよ」

親父はあやうく信号無視をするところだった。車のなかは静まりかえっていた。

「ところで」やっと親父は言った。「わかってるだろうな、刑務所の罰金も、部屋代、食費、洗濯代といっしょに払ってもらうってこと」

15

フラワー・ストリートからちょっと入ったところの車部品の卸売店で、おれは仕事にありついた。いかにも欲求不満って顔の背の高い醜男が経営者だった。そいつは前の晩かみさんとやった話を、いちいちおれにした。

「昨日の晩さ、おれ、うちのかあちゃんと一発やったんだよ。ウィリアムズ・ブラザーズからの注文分、先に出しとけ」

「K－3のフランジがありません」

「なら、それだけ後回しだ」

おれは包装伝票と送り状に「商品未納分あり」のハンコを押す。

「昨日の晩、うちのかあちゃんと一発やったんだよ」

おれはウィリアムズ・ブラザーズ行きの箱を紐でくくり、ラベルをつけ、重さを測り、切手を貼った。

「すっごく気持ちよかったぜ」

そいつは薄茶色の口ひげに薄茶色の髪で、欲求不満だった。

「最後にあいつ、小便（しょんべん）もらしやがってよ」

16

部屋代、食費、洗濯代なんかのツケはもうそのころにはずいぶんたまっていて、給料の何か月分も要った。払い終えてすぐおれは家を出た。親のふっかける家賃ときたら、とても払える額じゃなかった。

仕事場の近くに下宿屋を見つけた。引っ越しは簡単だった。荷物はスーツケース半分しかなかった……。

大家はストレイダーというおばさんだった。スタイルがよく、髪を赤く染め、金歯が何本もあって、老けた愛人がいた。最初の朝、おばさんは台所へおれを呼び、裏でニワトリに餌をやったらウィスキーを飲ませてやると言った。餌をやり終えたあと、台所でおばさんと、おばさんの愛人アルといっしょに飲んだ。おれは一時間仕事に遅れた。

次の夜、ドアを叩く音がした。四十がらみの太った女だった。ワインの瓶を持っていた。

「ここから廊下をちょっと行った部屋に住んでるの。マーサよ。あんた、いつもいい曲聴いてんのね。だから、一杯おごってあげようと思って」

女が部屋に入ってきた。だぶだぶとした緑の部屋着を着ていて、ワインを何杯か飲むと脚を見せはじめた。

「あたし、いい脚してんの」

「おれ、女の脚には目がないんだ」

「もっと上まで見て」

その脚は白く太って締まりがなく、紫色のふくらんだ血管が透けていた。女は身の上話をした。

女は娼婦だった。酒場でもちょくちょく客をとったが、お得意はデパートの経営者で、収入の大半を彼に頼っていた。「お金はくれるし、それにあたし、彼の店に行って好きなものなんでも持ってきちゃうの。店員はなにも言わないわ。彼がみんなに、あたしにかまうなって言ってあるの。あたしとのセックスのほうがいいって、奥さんにバレるのが嫌なのね」

女は立ち上がってラジオをつけた。うるさいくらいに。「あたし、踊りうまいのよ」女は言った。「見て！」

脚を蹴り上げて回る女は、まるで緑のテントだった。とくにイカしてるわけでもなかった。やがて女は部屋着を腰までたくし上げ、おれの目の前でケツを振った。ピンクのパンティの右側に大きな穴が開いていた。それから部屋着を脱ぎ捨て、パンティだけになった。そしてパンティも脱いで床の部屋着の脇に置き、腰を回しはじめた。あそこの毛の三角形は、垂れたり跳ねたりする腹の肉に隠れてほとんど見えなかった。

　顔のマスカラが汗で流れ出した。突然女は目を細めた。おれはベッドの端に坐っていた。おれが逃げる間もなく、女は飛びかかってきた。開いたままの女の口が、おれの口に押しつけられた。唾と玉ネギ、気の抜けたワインと四百人の精液（おれの想像だが）の味がした。舌を入れてきた。おれは唾がべったりからみついた舌にむせかえり、女を押しのけた。女は膝をつくとズボンのチャックをこじ開け、やわらかいままのおれのチンポを一瞬でくわえ込んだ。舐めて、しごいた。女の白髪まじりの短い髪には黄色いリボンがついていた。首と頬に、イボと茶色い大きなホクロがあった。

　おれは勃起した。女は呻いてチンポに噛みついた。おれは悲鳴を上げ、女の髪を摑んで引きはがした。部屋の真ん中でおれは立ちすくみ、痛さをこらえて怯えていた。ラジオからは、マーラーのシンフォニーが流れていた。逃げる間もなく女は膝をつき、もう一度おれに向かってきた。おれのキンタマを両手で荒々しく摑んだ。女の口が開き、おれを捕える。くわえて、舐めて、しごく。強烈な刺激をキンタマに加えながら、チンポを真ん中で食いちぎる勢いで、おれを床に押し倒した。チンポを舐める音が部屋中にあふれた。そのあいだもラジオからはマーラーが流れ続けていた。残忍な生き物に食いつかれてるみたいな気がした。立ったチンポに、よだれと血がベッタリとついていた。それを見て、女は気が狂ったように興奮した。おれは生きながら食われている気がした。

絶望的な気持ちでおれは思った。もしイッたりしたら、おれはきっと自分を許せないだろうな。

手を伸ばして髪を掴み引きはがそうとすると、女はまたもやおれのキンタマを掴み、思いっきり握りしめた。食いちぎろうとするように、チンポのちょうど真ん中に歯を立てた。おれは悲鳴を上げて髪から手を放し、あおむけにひっくり返った。一心不乱に頭を上下させている。舐める音が、きっと下宿中に聞こえているはずだ。

「**やめろ！**」おれは叫んだ。

人間とは思えないほどの情熱を込めて女は舐め続けた。おれはイッた。捕まった蛇が中身を吸い出されてるみたいだった。その情熱は気違いじみていた。女は精液を吸い、喉を鳴らしてゴボゴボ飲み込んだ。

女は舐め、吸い続けた。

「マーサ！　やめろ！　もう終わりだ！」

やめなかった。まるですべてを食らい尽くす巨大な口のようだった。舐めて、吸い続けた。どんどん、どんどん。「やめろ！」おれはもう一度叫んだ……。今度は、バニラ・モルトをストローの先で吸うみたいにくわえ込んだ。

おれは床にくずおれた。女は立ち上がって服を着はじめ、歌い出した。

ニューヨークのあの娘がおやすみを言うとき
もう夜は明けてる
ねえ、おやすみ
朝早いけど
ねえ、おやすみ
牛乳屋はもう家に帰る

おれはよろよろと立ち上がり、ズボンの前ポケットを探ると、財布を見つけて五ドル取り出し女に渡した。女はその五ドルを受け取ると、胸の谷間に押し込み、ふざけてもう一度おれのキンタマを摑み握りしめ、手を放すと、ワルツの足取りで出て行った。

17

どこかへ行くためのバス代と、着いてからどうにかするための何ドルかが貯まるまで働いた。おれは仕事を辞め、アメリカの地図を取り出してザッと見た。ニューヨークに決めた。

ウィスキー五パイントを持ってバスに乗り込む。誰かが隣に坐って話しかけてくるたびに、おれは一パイントの瓶を引っぱり出し、たっぷりと飲んだ。やっと着いた。ニューヨークのバス停はタイムズ・スクエアの近くだった。古いスーツケースを持って街へ出た。夕方だった。地下鉄から人の群れがあふれ出した。昆虫みたいに、誰が誰とも見分けがつかない。あっちこっちから取り憑かれたような顔で寄ってきては、おれを取り囲んだ。みんな押しあいへしあいしている。ぞっとするほどうるさい。

おれはどこかのビルの玄関口にもたれて、最後の一パイントを飲み干した。

それから、人を押しのけかきわけて歩き、三番街で「空室あり」の札を見つけた。大家は年のいったユダヤ人女だった。「部屋空いてますか」おれは言った。

「部屋もいいけど、いいスーツがあるわよ」

「おれ、文なしなんです」

「いいスーツだし、タダみたいなもんよ。向かいでうちの亭主（だんな）が仕立屋をしてるの。いっしょに来て」

おれは部屋代を払って二階にスーツケースを置き、彼女と道を渡った。

「ハーマン、この子にスーツを見せてやって」

「いいスーツですよ」ハーマンが持ってきたのは濃紺のスーツで、少し擦り切れていた。

「ちょっと小さすぎるみたい」

「いいえ、ぴったりですよ」

彼はカウンターの向こうからスーツを持って出てきた。「さあ、着てみてください」

ハーマンがスーツを着せてくれた。「でしょ。ぴったりだ……。ズボンも試してみましょう」彼は正面からズボンを当てがい、おれの腰から爪先までぴたりと合わせた。

「いいようですね」

「一〇ドルです」

「文なしなんですよ」

「七ドル」

おれはハーマンに七ドル払い、スーツを持って二階の部屋まで上がった。ワインを一瓶買いに出た。帰ってからドアに鍵をかけ、服を脱ぎ、久しぶりにきちんと眠る用意をした。

おれはベッドに入ってワインを開け、硬く枕を折り畳むと背中に当てて、深く息を吸い込んだ。暗闇のなか、窓の外を見た。一人になったのは五日ぶりだった。おれには孤独が必要だった。他のやつに食べ物や水が必要なように。一人になれないと、おれは日ごとに弱っていく。別に孤独を自慢してるわけじゃない。孤独に頼ってるだけだ。部屋の暗闇はおれにとって陽の光だった。おれはワインを飲んだ。

突然部屋が明るくなった。カタカタ、ゴーッという轟音が響いた。窓と同じ高さで電車が走ってきた。地下鉄の車両が停まった。そこに並ぶニューヨーカーの顔を見ていると、向こうもこっちを見た。電車はしばらくのあいだ停まり、発車した。暗くなった。それからまた明るくなった。おれはまた乗客たちの顔を見た。何度も何度も、地獄の幻影が浮かんでくるみたいだった。そのたびに車内の顔はますます醜く気違いじみて、残酷になっていった。おれはワインを飲んだ。

そんなことがずっと続いた。暗闇、そして明かり。明かり、そして暗闇。ワインが終わると、もう一本買いに出た。帰って来て服を脱ぎ、ベッドに戻った。多くの顔が、延々とやって来ては消えていく。幻覚を見てるようだった。悪魔の大王でも耐えられないくらいたくさんの悪魔がおれを訪ねてきた。おれはワインを飲んだ。

おれはようやく立ち上がり、タンスからスーツを取り出して、上着を着てみた。やたらぴったりしてる。仕立屋で見たときより小さいような気がした。突然ビリッという音がして、背中が真っぷたつに裂けていた。おれは上着の残骸を脱ぎ捨てた。まだズボンが残ってる。はいてみた。チャックのかわりにボタンがついてた。ボタンを留めようとしたら、尻の縫い目が裂けた。手を回して触ると、パンツの感触がした。

18

四、五日歩き回った。それからまる二日間酔っぱらっていた。部屋から出てグリニッジ・ヴィレッジへ向かった。作家の集う有名なバーでO・ヘンリーは全作品を書いた、とウォルター・ウィンチェルのコラムで昔、読んだことがある。おれはそのバーを見つけて入った——いったいなんのために？

正午だった。ウィンチェルのコラムとは違って、客はおれ一人だった。大きな鏡とカウンター、それからバーテンの横におれは立っていた。

「失礼ですが、お客様にはお飲み物をお出しできません」

おれは驚いてなにも言い返せなかった。説明を待った。

「酔っていらっしゃいますので」

確かに二日酔いだったが、すでに十二時間も飲んでなかった。おれはO・ヘンリーがどうしたとか、ブツブツ言いながら店を出た。

19

その店には誰もいないようだった。窓に「従業員募集」と書いてあった。なかに入る。薄い口ひげの男がおれに笑いかけた。「坐って」ペンと用紙を渡された。用紙に書き込んだ。

「大卒？」

「そうでもないんですけど」

「広告関係の仕事だよ」

「えっ？」

「興味ない？」

「いえ、あの、おれ絵を描いてるんです。絵描きっていうか……。金がないんですよ。絵が売れなくて」

「そういう人っていっぱいいるよね」

「おれ、そういうやつらは嫌いなんです」

「まあ元気出しなよ。死んでから有名になるかもしれないし」

やつはそれに続けて、最初は夜も働いてもらうが昇進のチャンスはあると言った。

夜勤ならまかせてください、とおれは言った。まず地下鉄から始めてもらうよ、とやつは言った。

年のいった男が二人、おれを待っていた。そこは地下鉄の構内で、何台もの車両が停まっていた。厚紙のポスターをひと抱えと、小さい缶切りのような金具を手渡された。おれたちは一台の車両に乗り込んだ。

「見てろよ」片方の男が言う。

男は埃っぽい座席に飛び乗ると、古いポスターを缶切りで剝がし始めた。なるほど、ポスターはああやってついてるのか、とおれは思った。誰かがあそこにくっつけてるわけだ。

どのポスターも細長い二本の鉄の板で留められていて、新しいポスターと換えるときは、それを外さなきゃならない。板はバネで固定されていて、壁のカーブに沿って曲がっていた。

おれもやらされた。いくら力を入れても、板はうんともすんとも言わなかった。ピクリともしない。やってるうちに、尖った角で手を切った。血が出てきた。一枚外すごとに一枚新しいのをつける。一枚だけでも、おそろしく時間がかかった。果てしない仕事だった。

「ニューヨークはアブラムシであふれてる」しばらくしてから、年とった男の一人が言った。

「えっ?」

「なんだ、おまえ、ニューヨークに来たばっかりなのか?」

「ああ」

「ニューヨークじゃみんなアブラムシを飼ってるってことも知らないのか?」

「ええ」

「そうなんだ。昨夜の夜、女がおれとやりたがってさ。おれは言ったんだ。『ダメだ。なにもしないぞ』って」

「ほんと?」

「ああ。五ドルくれるならいいけど、って言ってやった。五ドルのステーキでも食わなきゃ、一発分の精液なんて溜まらないからな」

「で、五ドルくれたの?」

「いや、かわりにキャンベルのマッシュルーム・スープ飲めってさ」

おれたちは車両のいちばん端までやり終えた。二人の年寄りはそこで降り、線路を一五メートル行ったところに停まっている次の車両まで歩きだした。線路から下の底まで一二メートルもあるのに、歩けるのは枕木の上だけだった。ちょっと足を踏み外せば、隙間からあっという間に墜落だ。

おれは車両から降りて、枕木から枕木へのろのろと歩きはじめた。片手には缶切り、もう一方には厚紙のポスターを持っていた。満員の車両がやって来て停まった。そのライトで、行く手が照らされた。

電車が走り去った。完全に真っ暗だ。枕木もその隙間も全然見えなくなった。おれは待った。

年のいった二人が次の車両から叫ぶ。「来いよ！　早く！　まだまだ仕事は残ってるんだぞ！」

「待って。見えないんだ！」

「ぐずぐずしてると夜が明けちまうぞ！」

目が少しずつ慣れてきた。一歩一歩前進した。ゆっくりと。次の車両にたどり着くと、おれはポスターを床に置いて坐り込んだ。足が弱っていた。

「いったいどうしたんだ？」

「わかんない」

「なんなんだよ？」

「これじゃあ、いつ人が死んでもおかしくないぜ」

「今まで誰も落ちたやつなんていないって」

「でも、おれは落ちるような気がする」

「そう思ってるだけさ」

「わかってる。ここからどうやったら出られる?」

「あそこに階段がある。でも、そこまで行くのに何本も線路を横切らなくちゃならない。電車に気をつけろよ」

「ああ」

「それから、三番目のレールは踏むな」

「なんで?」

「電気が通ってる。金のレールだ。金色のやつ。見ればわかる」

おれは線路に降り、またぎ始めた。年寄りが二人でおれを見ていた。金のレールがあった。またぐとき、足をすごく高く上げた。

それから、階段を走ったりよろめいたりして上がっていった。道の向かいにバーがあった。

21

犬のビスケット工場の勤務時間は、午後四時半から午前一時までだった。

汚い白のエプロンと重いキャンバス地の手袋が支給されたが、手袋は焼け焦げて穴があいていて、なかから指がのぞいた。左目がどんよりと濁った歯のない小人から仕事の指示を受けた。その目は白と緑のまだらで、青い網目が入っていた。

そいつは今年で勤続十九年目だった。

おれは自分の持ち場へ向かった。合図の笛が鳴って、機械が作動しはじめた。犬のビスケットが動き出す。生地が型で打ち抜かれ、縁が鉄でできた重い金網の上に並べられる。

おれは網を掴み、うしろのオーブンに入れる。振り返ると次の網が来てる。ペースを落とす方法はなかった。止まるのは、機械になんかが引っかかったときだけ。そんなことそうあるもんじゃないし、またそうなったところで、小人がさっと直してしまう。

オーブンの火は五メートルまで舞い上がる。オーブンのなかは大きな観覧車だ。一つの棚に十二の網が載るようになっていた。オーブン係（おれのことだ）は棚がいっぱいになるとレバーを蹴って観覧車を一段回し、空いた棚を下ろすのだ。

網は重く、一つ持ち上げるだけで疲れてしまう。これを八時間、何百も持ち上げ続けるなんて考えたりしたら、とても最後までできやしない。緑のビスケット、赤のビスケット、黄色のビスケット、茶色のビスケット、紫のビスケット、青いビスケット、ビタミン入りビスケット、野菜ビスケット。

　こういう仕事では人は疲れ切ってしまう。疲れるというより、だるくなってくる。極端なことを口にする。おれは出まかせに罵ったり、しゃべったり、冗談言ったり、歌ったりした。地獄に笑いが沸き上がった。小人ですら笑った。

　おれは何週間か働いた。毎晩酔って職場に入った。そんなこと問題じゃなかった。おれの仕事なんて、誰もやりたがらなかった。オーブンの前に立って一時間くらいしたら、もう素面（しらふ）になっていた。手に火ぶくれができてヒリヒリした。毎日自分の部屋で痛みをこらえながら坐り、マッチの火で消毒したピンを火ぶくれに突き刺した。

　いつにも増して酔っていた晩、おれはタイムレコーダーを押さなかった。「もうやめた」おれはみんなに言ってやった。

　小人はびっくりした。「おまえがやらなかったら、おれたち、今日どうすればいいんだよ、チナスキー？」

「あんっ？」

「もう一晩だけやってくれよ！」

　おれはやつの頭にヘッドロックを食らわせて締めつけた。やつの耳がピンク色になった。「チビめ」おれは言った。それから放してやった。

22

フィラデルフィアに着いてからおれは下宿を見つけ、あらかじめ一週間分の金を払い込んだ。いちばん近いバーは創立五十周年だった。半世紀分の小便や糞やゲロの臭いが、下の便所から床を通ってバーまで流れ込んでいた。

午後四時半だった。バーの真ん中で男が二人喧嘩していた。

おれの右隣の男はダニーと名乗った。左の男はジムだった。

ダニーがくわえたタバコの先が赤く光っていた。空のビール瓶が弧を描いて飛んできて、ダニーのタバコと鼻の先ギリギリをかすめた。やつは身動きもせず、あたりも見回さずに、タバコの灰を灰皿へ落とした。「スレスレだったぞ、バカ野郎！　今度飛んできたら、ただじゃすまねえからな！」

どの席もいっぱいだった。女もいた。太って少し間抜けに見える主婦が数人と、暮らしに困って娼婦になった女が二、三人いた。おれが坐ってると、女が一人立ち上がって男と出て行った。五分ほどして女は戻ってきた。

「ヘレン！　ヘレン！　いったいどうやってすませたんだ？」

女は笑った。

自分も試してみようと、他の男がパッと立ち上がった。「ずいぶんよかったみたいだな。おれもやってみるぜ！」

二人は出て行った。五分してヘレンは戻ってきた。

「あそこに吸い出しポンプでもついてんじゃねえのか！」

「おれも試してみよう」バーの奥、いちばん端に坐った年寄りが言った。「テディ・ローズヴェルトが大統領に再選されてから、一度も勃ったことないんだけどな」

この男にはヘレンも十分かかった。

「サンドイッチ食いてえ」太った男が言った。「誰かひとっ走りしてサンドイッチ買ってきてくれないか？」

行ってきてやる、とおれは言った。「丸パンのローストビーフサンド、野菜とか薬味とかみんな入ったやつだぞ」

そいつはおれに金を渡した。「釣りは取っとけ」

おれはサンドイッチ売場まで歩いて行った。年のいった太鼓腹の変なやつがこっちへ来た。「丸パンのローストビーフサンド、野菜とか薬味とかみんな入ったやつ、持ち帰りで。それと、待ってるあいだに飲むビール一本」

おれはビールを飲み、太った男にサンドイッチを持って帰り、さっきとは違う席に坐った。ウィスキーが一杯現われて、おれは飲み干した。それからもう一杯。おれは飲み干した。ジュークボックスが鳴っていた。

バーの奥から二十四くらいの若造がやって来て、「ブラインドの掃除をしなくちゃならねえんだよな」とおれに言った。

「そうらしいな」

「おまえ、なにしてんだ?」

「なんにも。飲んだりとか。そんな感じ」

「ブラインドのことだけど」

「五ドルでやるよ」

「採用だ」

みんな若造をビリーボーイと呼んでいた。ビリーボーイはこのバーの経営者と結婚していた。経営者は四十八歳だった。

若造はバケツ二つと石鹸水、雑巾とスポンジを持ってきた。おれはブラインドを床に下ろし、横板を取り外して掃除を始めた。

「飲物はタダだ」遅番のバーテンダー、トミーは言った。「ただし、働いてるあいだだけだぞ」

「ウィスキー一杯だ、トミー」

時間のかかる仕事だった。埃が固まって、こびりついていた。ブラインドの角で何度も手を切った。石鹸水が手にしみた。

「ウィスキー一杯だ、トミー」

一つやり終えて、元の位置に吊るす。経営者夫婦が仕事の出来映えを見にきた。

「きれいなもんだ！」

「店の感じも良くなるわ」

「これだったら、酒を値上げできるかもな」

「ウィスキー一杯だ、トミー」おれは言った。

もう一つのブラインドも床に下ろし、板を外した。ピンボールでジムを二五セント負かしてから、便所でバケツを空け、きれいな水を入れた。

二つ目はもっと時間がかかり、もっと手を切った。このブラインド、十年前に掃除したかもあやしいもんだ、とおれは思った。ピンボールでジムをもう二五セント負かすと、ビリーボーイが仕事に戻れと叫んだ。

ヘレンが女便所に行く途中、おれの脇を通った。

「ヘレン、これが終わったら五ドルやるよ。足りるかい？」

「ええ、でもそんなに仕事してると、終わってから勃たないんじゃないの？」

「勃たせるよ」

「閉店までここにいるわ。その時にまだ勃つようだったら、タダでいいわ！」

「ビンビンに勃たせるぜ、ベイビー」

ヘレンは便所へ向かった。

「ウィスキー一杯だ、トミー」

「おい、あんまり飲むなよ」ビリーボーイが言った。「そんなふうにしてると、とても今夜中には終わんないぞ」

「ビリー、もし終わんなかったら五ドルはいらないぜ」

「よし、決まりだ。みんな聞いたか？」

「ああ、ビリー、聞こえたよ。このケチ野郎」

「さ、再開前の一杯だ、トミー」

トミーがウィスキーを注ぐ。飲むと仕事に向かった。とにかく必死でやった。ウィスキー何杯目かで、ピカピカになったブラインドを三つ、ようやく窓にぶら下げた。

「さあ、ビリー。金をくれ」

「まだ終わってないぜ」

「なんだって？」

「奥の部屋にもう三つあるんだよ」

「奥の部屋だって？」

「ああ、奥の部屋だ。パーティ用の」

ビリーボーイは奥の部屋へおれを連れて行った。もう三つ窓があり、もう三つブラインドがかかっていた。

「あの、手間賃は半分でいいから、ビリー」

「ダメだ。全部やるか、それともナシかだ」

おれはバケツを持ち上げ、どどっと水を空け、きれいな水と石鹸を入れてからブラインドを床に下ろした。横板を外してテーブルに並べ、ぼんやりと眺めた。

便所へ行く途中、ジムが立ち止まった。「いったいどうしたんだい？」

「もうこれ以上、板一枚だってできないよ」

ジムは便所から出るとカウンターへ行き、ビールを持ってきた。やつもブラインドを掃除しはじめた。

「ジム、いいんだよ、そんな」

おれはカウンターへ行って、もう一杯ウィスキーを持ってきた。戻ってみると、女の一人がブラインドを外していた。「おい、気をつけろ。手を切るなよ」おれは言った。

何分かあとには四、五人が集まり、しゃべったり笑ったりしていた。ヘレンもいた。みんなブラインドを掃除していた。そのうち、バーにいたほぼ全員が集まった。おれは掃除しながら、もう二杯ウィスキーを飲んだ。やっと終わり、ブラインドを吊った。そんなに長くはかからなかった。ブラインドが輝いていた。ビリーボーイが入ってきた。

「金は払わんぞ」

「終わったじゃないか」

「でも、おまえがやったわけじゃない」

「ケチケチすんなよ、ビリー」誰かが言った。

ビリーボーイは五ドル引っぱり出しておれに手渡した。全員がカウンターへ移動した。

「さあ、みんなにおごりだ！」おれは五ドルを置いた。「それからおれにも一杯」

トミーは酒を注いで回った。

おれが飲むと、トミーはさっきの五ドルを摘み上げた。

「まだ三ドル一五セント足りねえぞ」

「ツケにしといてくれ」

「オーケー。なんて名前だ」

「チナスキー」

「おまえ、外の便所に行ったポーランド人の話、知ってるか？」

「ああ」

閉店まで酒は来続けた。最後の一杯のあと、おれはあたりを見回した。ヘレンはいなくなっていた。嘘をついたのだ。

しょうがねえなあ、とことん攻めまくられるのが怖かったんだな……。

おれは席を立って、下宿へ向かった。月が明るかった。おれの足音がこだまして、うしろから人がつけて来るような気がした。おれは振り返った。気のせいだった。おれはまるっきり一人ぼっちだった。

23

セントルイスに着くと、メチャクチャ寒かった。雪が降り出しそうだった。おれは感じのいいきれいな場所に部屋を見つけた。二階の奥だった。まだ夕方の早い時間だったが、鬱の気分が襲ってきたので早めにベッドに入り、無理やり寝た。

朝、目が覚めると、すごく寒かった。おれはどうにもならないほどぶるぶる震えていた。起きてみると、窓が一つ開いていた。窓を閉めてベッドに戻った。吐き気がしてきた。なんとかもう一時間眠ってから目が覚めた。起き上がり服を着ると、廊下を通ってどうにか便所までたどり着き、吐いた。服を脱いでベッドへ戻る。まもなく誰かがドアをノックした。ノックは続いた。

「はい？」おれは答えた。おれは出なかった。

「あなた、大丈夫？」

「ああ」

「入ってもいい？」

「いいよ」

女の子が二人だった。一人はちょっと太めだったが、ピンクの花柄の服を着て、こぎれいで艶々していた。優しい顔だった。もう一人のほうは、太いぴったりしたベルトを締めて、スタイルのよさを際立たせていた。長くて黒い髪に、可愛い鼻をしていた。ハイヒールをはいた脚は言うことなしで、胸元の大きく開いた白いブラウスを着ていた。すごく濃い茶色の目だった。その目がじっとおれを見て、面白がっていた。すごく面白がっていた。「わたしはガートルード」彼女は言った。「それからこっちがヒルダ」

ガートルードは部屋を横切っておれのベッドのほうに来た。ヒルダは頰を赤らめていた。「私たち、あなたがトイレで吐いてるの聞いちゃったの。あなた病気？」

「ああ、でもたいしたことないよ。ほんとだって。寝るとき窓を開けっぱなしにしてただけさ」

「大家さんがスープを作ってくれてるわ」

「いや、大丈夫」

「スープ飲んだら元気になるわよ」

ガートルードはおれのベッドに近づいてきた。ヒルダは同じ場所で、こざっぱりと着こなしたピンクの服の上の顔を赤らめていた。ガートルードはハイヒールの踵を軸にしてくるくる回っていた。「あなた、この街に来たばっかりなの？」

「ああ」

「軍隊には入ってないの？」

「そうだ」

「じゃあなにしてんの？」

「別に」

「働いてないの？」

「働いてないよ」

「そうよ」ガートルードはヒルダに言った。「彼の手を見て。すっごくきれいじゃない。この手を見れば、働いたことないってすぐわかるわ」

大家のダウニングさんがノックした。大柄で感じのいい人だった。きっと未亡人で信心深いんだ、とおれは思った。ビーフコンソメの大きなスープボウルを高く宙にかかげていた。湯気が上がっているのが見えた。おれはスープボウルを受け取って、ちょっと世間話をした。案の定、彼女の夫は亡くなっていて、本人はとても信心深かった。スープにはクラッカーと塩、コショウが添えられていた。

「どうもありがとう」

ダウニングさんは女の子二人に目くばせした。「じゃあ私たちはこれで。お大事に。この娘たち、お邪魔じゃなかったかしら？」

「そんな、邪魔なんてとんでもないですよ」おれはスープに顔を向けてニヤッと笑った。彼女も喜んだ。

「さあ行きましょう、二人とも」

ダウニングさんはドアを開けたまま行ってしまった。ヒルダが最後にまた頬を赤らめ、おれにちょっぴり笑いかけて出て行った。ガートルードは残り、おれがスプーンでスープを飲むのを見ていた。「おいしい？」

「みんなには、ほんと、ありがたいっていうか、こんな……めったにないほど親切にしてもらっちゃって」

「わたし、行くわ」彼女はドアのほうへ、すごくゆっくり歩いて行った。彼女の尻が、黒いピッチリしたスカートの下で動いた。脚は小麦色だった。ドアのところで立ち止まり、振り返ると、もう一度黒い目でおれを捉え、じっと見つめた。おれは身動きもできず、赤くなっていた。おれの反応を見ると、彼女は顔をぱっと上に向けて笑った。きれいな首に、たっぷりとした黒い髪。少しドアを開けたまま、彼女は廊下を歩いて行った。おれは塩とコショウでスープに味をつけ、クラッカーを割って入れると、病気の体にスプーンで流し込んだ。

24

おれは婦人服を扱う店の発送係の職を見つけた。労働力不足と言われた第二次世界大戦中でも、どの仕事にだって四、五人の応募者はあった（少なくとも、誰にでもできる仕事には）。おれたちは応募用紙を埋めて待っていた。生年月日は？　独身？　それとも既婚？　徴兵資格は？　前はどこで働いていた？　職歴は？　前はどうして辞めた？　おれは今まであまりに多くの申込用紙を書いてきたので、ずいぶん前から正しい答えを暗記していた。その日は朝起きるのが遅かったので、名前を呼ばれたのはいちばん最後だった。面接したのは、両耳の上に妙な髪の房がついた禿(はげ)の男だった。

「それで？」書類に目を通しながら、男はおれを見て尋ねた。

「一時的にインスピレーションの途切れた作家です」

「ん、君、**作家**なのか？」

「そうです」

「自信持って言える？」

「いえ」

「なに書いてるの？」

「ほとんど短篇です。それから、書きかけの長篇が半分まで」

「えっ、長篇？」

「はい」

「タイトルは？」

「『我が宿命の漏れやすい蛇口』です」

「うん、いいね。なんの話？」

「すべてについてです」

「すべて？　例えば癌とか？」

「ええ」

「うちのかみさんも？」

「奥さんもです」

「まさか。君、なんで婦人服店で働きたいの？」

「昔からぼく、婦人服を着たご婦人が好きなんです」

「徴兵は4－F（兵役免除）かい？」

「はい」

「徴兵カード見せて」

徴兵カードを渡すと、相手はまもなく返した。

「採用だ」

25

おれたちは地下室にいた。壁は黄色だった。縦一メートル、横が三〇から五〇センチの長方形の段ボール箱に婦人服を詰め込むのが仕事だった。箱のなかで皺にならないように服を畳むには技術がいる。おれたちは段ボールの詰め物とティッシュペーパーを使って作業をし、そのための詳しい説明も受けた。町の外の配達にはUSメールを使った。おれたち全員が自分用の秤と郵便料金メーターを持っていた。禁煙だった。

発送係長はララビー、補佐はクラインだ。ララビーがボスだった。クラインはララビーを職場から追い出そうとしていた。クラインも店の経営者もユダヤ系なので、ララビーのほうも神経質になっていた。クラインとララビーは一日中、日暮れまで罵り合ったり言い争ったりしていた。そう、日暮れまでだ。戦争中だったそのころ、問題になっていたのは超過勤務だった。経営者側はいつでも、多くの人間を短時間働かせるより、少人数に残業させたがっていた。こっちが八時間働けば、ボスはもっとやれと言ってくる。例えばの話、さらに六時間働いたところで、絶対に帰してはくれないだろう。これは考えものだった。

26

　おれが下宿の廊下に出るたびに、そこでガートルードが待ちかまえているような気がした。完璧な女で、気が狂うほど艶っぽく、本人もそれを知っていて、周りに色気をふりまいては、ひっかかったやつを苦しませ放っておくのだ。それが彼女には嬉しいのだった。おれも悪い気はしなかった。別に、おれのことなんかまるで相手にせず、姿すら拝ませてくれなくても不思議はないのだ。誰でもみんなそうだろうが、とんでもない約束でもしないかぎり、この女との仲は進まないだろうとおれは悟った。親しげに話したり、ジェットコースターに乗ってはしゃいだり、日曜日の午後、長い時間いっしょに散歩するなんて、このままじゃとても無理だ。

「あなたって変わってるのね。ずっと一人で部屋にいるでしょう」

「ああ」

「どうかしたの?」

「君に会った朝の、かなり前から病気だったんだ」

「今も?」

「いや」

「なにが原因なの？」

「人嫌いなんだ」

「それっていいことだと思う？」

「たぶん違う」

「そのうち、夜、映画に連れてってくれない？」

「考えとくよ」

　おれの目の前でガートルードの体が揺れていた。ハイヒールの上で揺れていた。こっちへ来た。体の一部がすでにおれに触れている。なのにおれはなにもできない。二人のあいだには空間があった。隔たりは大き過ぎた。この女は、なんだかもう消えてしまった人間で、すでにここにはいない、生きてさえいない人間に向かって話しかけているみたいだった。彼女の目はおれを通り抜けていた。どうやって彼女と繋がっていいかわからなかった。でも辛いわけでもなくて、ただ困ったな、けどしょうがないなと思っただけだった。

「ついて来て」

「え？」

「わたしの寝室を見せたいの」

おれはガートルードのうしろから廊下を歩いて行った。彼女が部屋のドアを開け、おれも続いた。女っぽい部屋だった。ベッドは動物のぬいぐるみであふれていた。動物たちがみんな驚いて、おれをじっと見てるようだった。キリン、熊、ライオン、犬。香水の匂いがした。すべてがきちんと片づけられていて、やたらと柔らかくて心地好さそうだった。ガートルードはおれに近づいてきた。

「わたしの部屋、気に入った？」

「いい部屋だね。ああ、気に入ったよ」

「ダウニングさんには言わないでね。怒られちゃうから」

「言わないよ」

ガートルードは黙ってそこに立っていた。

「もう行かなくちゃ」しばらくしてからおれはそう言った。それからドアを開け、後手で閉めて自分の部屋へ戻った。

27

タイプライターをいくつも質屋に入れて流しちまったあと、おれは、自分用のを持つという考えを捨てた。おれは短篇を手書きで送った。そういうときにはペンを使った。

そのうち、書くのがすごく速くなった。頭がついて来られないくらいに。週に三、四本短篇を書いた。それを郵便で送るのだ。『アトランティック・マンスリー』や『ハーパーズ』の編集者たちがきっと、「おい、またあのいかれた野郎からだぜ……」とか言ってんだろうなあと思った。

ある晩、ガートルードをバーへ連れて行った。おれたちは一つのテーブルに隣り合わせて坐り、ビールを飲んだ。外では雪が降っていた。おれはいつもより少しいい気分だった。おれたちは飲んで話した。一時間くらい過ぎた。おれがガートルードの目を見つめ出すと、彼女もまっすぐに見返した。「**いまどき、いい男なんて、ざらにはいない！**」ジュークボックスが歌っていた。ガートルードは音楽に合わせて体をゆすり、頭を動かして、おれの目をじっと見た。

「あなた、すごく変わった顔ね」彼女は言った。「でも、悪い顔って意味じゃなくて」

「ボスから数えて四番目の発送係。ただし着々と出世中」

「今まで人を好きになったこと、ある？」

「恋愛なんて、ちゃんと現実を生きてる人間がするもんだ」

「あなただってそうじゃない」

「おれは現実の人間が嫌いなんだ」

「嫌いって？」

「すごく嫌いなんだ」

おれたちはもう少し飲んだが、あまりしゃべらなかった。雪が降り続いていた。ガートルードは向こうをむいて人ごみを見つめていた。それからおれを見た。

「あの人、**かっこいい**じゃない？」

「誰のこと？」

「あそこの兵隊よ。一人で坐ってる。背中をピンと伸ばして。それにほら、勲章をたくさんつけてる」

「ここから出ようよ」

「まだ早いわ」

「じゃあ、お前だけいろよ」

「やだ、**あなた**といっしょじゃなきゃ」

「勝手にしろ」

「あの兵隊のこと？　あの兵隊のことで怒ってんの？」

「もういいって！」

「やっぱりそうなのね！」

「行くからな」

おれは立ち上がり、チップを置いて出口へ向かった。うしろからガートルードのついて来る音が聞こえた。おれは雪のなか、通りを歩いた。まもなくガートルードがおれと並んだ。

「タクシーにも乗らないの。ハイヒールで雪のなかを歩かせるなんて！」

おれは答えなかった。おれたちは下宿まで四、五ブロック歩いた。二人で階段を上った。それからおれは自分の部屋に戻りドアを開け、閉めて、服を脱いで寝た。ガートルードが部屋で壁に物をぶつける音が聞こえた。

28

おれは短篇を書き続けた。その大半をクレイ・グラッドモアに送った。彼がニューヨークでやっている雑誌『フロントファイア』に憧れていたのだ。短篇一つに二五ドルしか払わなかったが、なんといってもグラッドモアは、サローヤンやその他何人もの作家を見出した人で、シャーウッド・アンダーソンの友達だった。たいていグラッドモアは、手書きの断り状を添えて送り返してきた。たいして長いものではなかったが、親切で励みになった。もっと大きな雑誌は、印刷の断り状を入れてきた。グラッドモアのは、たとえ印刷でも温かみがあるような気がした。「ああ、これが断りの通知だなんて、本当に残念なのですが……」

だからおれはずっと、週に四、五本も送っては、グラッドモアに忙しい思いをさせていた。一方おれ自身は、地下で婦人服に囲まれていた。クラインはまだラビーを追い出していなかった。もう一人の発送係のコックスは、自分が二十五分おきにこっそり階段でタバコさえ吸えれば、誰が誰を追い出そうとどうでもいいと思っていた。

残業は当たり前になっていた。仕事のあとで飲む酒量はどんどん増えていった。八時間労働なんて遠い夢だ。朝、職場に出たら、そのまま最低十一時間は覚悟しなくちゃならなかった。土曜日ももちろんそうで、前は半日だったが、今では平日と同じになっていた。戦争は続いていたが、女たちは服を買いまくっていた……。

十二時間働いたある日のことだった。おれはコートを着て地下室から出て、タバコに火をつけ、出口をめざして廊下を歩いていた。すると社長の声が聞こえた。「チナスキー！」「はい？」

「こっちへ来い」

社長は長い高級な葉巻を吸い、たっぷり寝ている顔をしていた。

「おれの友達の、カーソン・ジェントリーだ」

カーソン・ジェントリーも長い高級葉巻を吸っていた。

「ジェントリーさんもものを書いてるんだ。書くってことにすごく興味を持ってる。おまえが作家だって言ったら、おまえに会いたいって。いいだろう？」

「かまいませんけど」

社長とジェントリーの二人は、坐っておれを見ながら葉巻をふかしていた。何分か経った。二人は吸って、吐いて、おれを見た。

「もう行ってもいいですか？」おれは尋ねた。

「ああ、いいよ」社長は言った。

29

部屋まではいつも歩いて帰った。六、七ブロックの距離だった。道沿いの木はみな同じに見えた。小さく、捩(ねじ)れていて、半分凍って葉がなかった。おれはその並木が好きだった。冷たい月の下をおれは歩いた。

職場での出来事はおれの頭にずっと残っていた。葉巻と、いい服。おれは上等なステーキや、門から入って立派な家まで続く曲がりくねった長い道のことを考えた。ゆったりとした暮らし。ヨーロッパ旅行。いい女たち。やつらのほうがおれより断然賢いっていうのか？　ただ一つの違いは金だ。それから、金を貯めようとする意志だ。

おれだって！　金を貯めてやる。なんか思いつくさ、どっかから金を借りるんだ。人を雇ったりクビにしたりする。机の引き出しにはいつもウィスキーを入れておく。サイズ四〇の胸で、街頭の新聞売りが揺れるケツを見たらその場で発射しちまうほどの女と結婚する。おれは浮気をし、そのことを妻も知ってるが、贅沢に暮らしたいからなにも言わない。困った顔を見たいというだけで男たちをクビにし、理由なく女たちをクビにする。

必要なのは希望だ。希望がないことくらい、やる気をそぐことはない。おれはニューオリンズでの日々を思い出した。書く時間欲しさに、一日五セントのキャンディ二本で何週間も暮らした。でも、空腹がおれの芸術を高めることはなかった。かえって邪魔になっただけだ。人間の魂の根本は胃にある。ポーターハウス・ステーキを食べ、ウィスキーを一パイント飲んだあとのほうが、五セントの棒キャンディを舐めてるよりよほど巧く書ける。飢えた芸術家なんて神話はでっち上げだ。いったんすべてがでっち上げとわかると、今度はうまくたちまわり、他人から絞り取るようになる。おれは無力な男女や子供のやつれ果てた体の上に帝国を築いてやる――絶対やってやる。**見てろよ！**

下宿に着いた。階段を上り自分の部屋のドアまで行く。鍵を開けて電気をつける。ドアのところにダウニングさんが手紙を置いていた。グラッドモアから来た大きな茶封筒だ。手に取った。ボツになった原稿が手に重かった。おれは坐って、包みを開けた。

チナスキー様

この四つの原稿は不採用でしたが、『ビールで酔ったおれの心は世界中の枯れ果てたクリスマス・ツリーより哀しい』は採用となりました。長いことあなたの原稿を見てきましたが、今回採用できて嬉しく思います。

心から
クレイ・グラッドモア

おれは採用通知を握ったまま椅子から立ち上がった。**初めてだよ。**それも、アメリカ一の文芸誌から。世界がこんなに素晴らしく見えたことはなかった。まさに前途洋々って感じだ。ベッドまで行って坐り、もう一度読んだ。グラッドモアの手書き文字の丸みの一つ一つまで丁寧に見た。立ち上がって、採用通知を洋服ダンスまで持っていき立てかけた。それから服を脱ぎ、電気を消してベッドに入った。眠れなかった。おれは起き上がって電気をつけ、洋服ダンスまで行って、もう一度読んだ。

チナスキー様……

30

おれはちょくちょく廊下でガートルードを見かけた。話はしたが、おれのほうから誘ったりはしなかった。彼女はおれのすごく近くに立って、ハイヒールをはいた体をゆっくりと揺らし、ときどき、酔ったようによろめいた。ある日曜の朝、おれはガートルードとヒルダといっしょに、前の芝生に立っていた。女たちは雪玉を作り、笑ったり叫んだりしながらおれにぶつけてきた。雪国に住んだことのないおれは最初ぎこちなかったが、そのうち雪玉の作り方がわかってきて、二人に投げつけた。ガートルードはカッとなって叫んだ。なんていい娘なんだろう。燃え上がる炎、稲妻だ。一瞬、おれは芝生を横切って彼女の体をひっ摑んでやろうかと思った。でもそれはやめにして、雪玉がビュービュー飛ぶなかを立ち去った。

何万もの若者が、ヨーロッパや中国や太平洋の島々で戦っていた。やつらが帰って来たら、ガートルードもそのなかの一人と仲良くなるだろう。なんの苦労もいらないはずだ。あの体なら。あの目なら。ヒルダだって同じことだ。

もうそろそろセントルイスを離れる時期だという気がしてきた。ロサンゼルスに戻ろう。相変わらずたくさんの短篇を書き、酔っぱらってはベートーヴェンの五番やブラームスの二番を聴いていた……。

ある晩、仕事のあとで近所のバーに寄った。五、六杯ビールを飲んでから、家まで一ブロックかそこらの道を歩いて帰った。ガートルードの部屋の前を通ると、ドアが開いていた。「ヘンリー」

「やあ」おれはドアのところまで行って彼女を見た。「ガートルード。おれ、街を出ることにしたよ。今日、仕事を辞めるって言ってきた」

「えーっ、そうなの」

「ほんと、みんなには親切にしてもらって」

「ねえ、聞いて。行っちゃう前に、わたしのつき合ってる人に会ってほしいの」

「つき合ってるって?」

「そうなの。彼、引っ越してきたばかりなの。すぐそこの部屋よ」

おれは彼女について行った。彼女がノックし、おれはうしろに立った。ドアが開いた。灰色と白の縞のズボン。長袖のチェックのシャツ。それにネクタイ。薄い口ひげ。うつろな目。鼻の穴の片方から、ほとんど見えないくらいの鼻汁が垂れ、小さな光る玉になっていた。玉は口ひげにくっつき集まって今にも垂れそうだったが、まだ落ちずに固まり、光を反射していた。

「ジョーイ」彼女は言った。「ヘンリーよ」

おれたちは握手をした。ガートルードは男の部屋に入って行った。ドアが閉まった。おれは自分の部屋に戻って荷造りを始めた。いつだって荷造りは楽しいもんだ。

31

ロサンゼルスに戻ると、フーヴァー通りからちょっと入ったところに安ホテルを見つけた。ベッドのなかで飲んでいた。相当長いあいだ、三日も四日も飲み続けた。求人広告を読む気にもなれなかった。机の向こうの男に、仕事が欲しいんです。この仕事はぼくが適任です、なんて言うところを思っただけでぞっとする。要するに、おれは人生にうんざりしていた。ただ食べたり、寝たり、服を買うためにしなくちゃならないことそのものにだ。だからおれは、ベッドのなかで飲んでいた。飲んだところで世界がなくなるわけじゃない。でも、世界のほうもこっちの首を絞めたりはしない。

ある晩、ベッドから出て服を着ると街へ出た。気がつくとアルヴァラード通りを歩いていた。おれは歩き続け、感じのいいバーに入った。混んでいた。空いてる席は一つしかなかった。そこに坐った。スコッチの水割りを頼んだ。右隣に、黒みがかったブロンドの髪の女が坐っていた。少し太りぎみで、首と頬がたるんでいる。見るからに酒びたりだった。でもその顔立ちには、まだ消えてはいない美しさがあった。体にも張りがあって若々しく、スタイルもよかった。長い脚が素敵だった。彼女が飲み終えると、もう一杯いかがです、とおれは尋ねた。ええ、と彼女が言った。おれは一杯おごった。

「ここの店って、バカばっかりね」彼女は言った。

「どこでもそうだけど、ここは特別多い」おれは言った。

おれのおごりで、二人とも三、四杯飲んだ。お互い口をきかなかった。それからおれは言った。「この一杯で終わりだ。もう一文なしなんだ」

「ほんと？」

「ああ」

「あなた、泊まる場所あるの？」

「安ホテルに三、四日分払ってある」

「それでもう一文もないの？　お酒も？」

「そうなんだ」

「いっしょに来なさいよ」

おれは女についてバーを出た。うしろから見ると、いいケツをしていた。二人でいちばん近くの酒場に寄った。女は店員に、欲しい品を言った。グランダッドの五分の一ガロン瓶二本、ビール六缶パック、タバコ二箱、ポテトチップス、ミックス・ナッツ、アルカセルツァー、上等の葉巻。店員が勘定を書いた。「ツケにしといて」彼女は言った。「ウィルバー・オックスナードに」「ちょっと待って下さい」店員は言った。「電話で確かめますから」店員はダイヤルを回し、なにやら話していた。それから電話を切った。「結構です」彼は言った。おれは荷物を持つのを手伝った。おれたちは店を出た。

「これ持ってどこ行くんだい？」

「あなたのとこ。車ある？」

おれは彼女を車まで連れて行った。コンプトンで三五ドルで買ったやつだ。スプリングは壊れ、ラジエーターからは水が漏ったが、とにかく走る。

部屋に着くと、おれは買ってきたものを冷蔵庫に入れた。女はおれの向かいのソファに腰かけ、脚を組んでいた。緑のイヤリングをしていた。「すごい」彼女は言った。それから、酒を二つ作って持っていき、坐って葉巻に火をつけた。

「え？」

「あなた自分のこと、すごい、抜群だって思ってるでしょう」

「そんなことないよ」

「そんなことあるわよ。見てればわかるもの。でも、あなたが好き。一目見て気に入ったわ」

「もう少しドレスの裾を上げてくれないか」

「脚が好きなの？」

「ああ。もう少し上げて」

彼女はそうした。「ああ、いいね。もっと、もっと！」

「ねえ、あなた、ちょっとアブないんじゃない？　女の子引っかけて車に乗せて、自分のところに連れて来ると、服を剝ぎ取ってペンナイフでその子の体にクロスワードパズルを刻むやつとかいるじゃない」

「おれじゃないよ」

「それから、セックスした相手をこま切れにするやつらもいるのよ。プラヤ・デル・レイの排水管から肛門が見つかって、オーシャンサイドのゴミ箱から左の乳首が見つかったって……」

「そういうのは何年も前にやめたんだ。もっとスカート上げろって」

女はサッとスカートを引き上げた。人生や笑いの始まりみたいだった。これこそ太陽の本当の意味だ。おれはソファまで歩いて行って、彼女の隣に坐り、キスした。それから立ち上がり、もういちど二人分酒を注ぎ、ラジオをＫＦＡＣに合わせた。ドビュッシーのなんの曲か、冒頭の部分が流れてきた。

「こういう音楽が好きなの？」彼女は尋ねた。

夜、話してるとき、おれはソファから落ちた。床に寝そべり、きれいな脚を見上げた。

「なあ」おれは言った。「おれは天才だけど、そのことはおれしか知らないんだ」

彼女はおれを見下ろした。「立ちなさいよ、バカね。飲物を持ってきて」

おれは酒を持ち、彼女の横に丸くなった。自分がほんとにバカみたいに思えた。あとでおれたちはベッドに入った。電気を消し、おれは彼女の上になった。一、二回入れてやめた。

「ところで、なんて名前？」

「それがどうだって言うのよ」彼女は答えた。

32

彼女の名はローラだった。午後二時で、おれはアルヴァラード通りの家具店の裏道を歩いていた。スーツケースを持っていた。白い大きな家があった。木造の二階建てで、白ペンキが古びて剥げていた。「さあ、ドアから下がって」彼女は言った。「階段の真ん中に鏡があって、誰が来たのかなかから見えるようになってるの」

ローラがベルを鳴らしているあいだ、おれはドアの右側に隠れていた。「見られないようにしてて。ブザーが鳴ったら、あたしがドアを開けるからいっしょに入って」

ブザーが鳴ると、ローラはドアを押し開けた。おれは彼女について入り、階段の下にスーツケースを置いた。階段のいちばん上に立っているウィルバー・オックスナードにローラが駆け寄った。ウィルバーは白髪の年寄りで、片腕だった。「いやあ、**よく来たな！**」ウィルバーはその片腕をローラに回し、キスをした。二人が離れたときに、ウィルバーがおれに気づいた。

「ありゃ誰だ？」

「ああ、ウィリー、あなたを友達に会わせたかったの」

「こんちは」おれは言った。

ウィルバーは答えなかった。「ウィルバー・オックスナードよ。こちらヘンリー・チナスキー」ローラが紹介した。

「はじめまして、ウィルバーさん」おれは言った。

ウィルバーは答えなかった。しばらくして、やっと彼は言った。「ま、上がってこい」

おれはウィルバーとローラのあとについてリビングルームを抜けた。床中コインが散らばっていた。五セント。一〇セント。二五セント。五〇セント。部屋のど真ん中に電子オルガンがあった。おれは二人のうしろから台所へ入った。みんなで軽食用のテーブルに着いた。ローラは、そこら辺に坐った女の子二人におれを紹介した。「ヘンリー、この子がグレース、こっちがジェリー。みんな、ヘンリー・チナスキーよ」

「こんにちは」グレースが言った。

「はじめまして」ジェリーが言った。

「どうも」

二人はビールを水がわりにしてウィスキーを飲んでいた。テーブルの真ん中にボウルがあって、黒や緑のオリーブ、チリペッパー、セロリが盛られていた。おれは手を伸ばしてチリペッパーを摘んだ。「勝手にやっててくれ」ウィルバーはそう言いながら、ウィスキーの瓶を手で示した。もうおれの前にビールを置いてくれていた。おれはウィスキーを注いだ。

「あんた、仕事は？」ウィルバーが尋ねた。

「この人、作家なのよ」ローラが言った。「雑誌に載ったりするの」

「作家なのか？」ウィルバーはおれに訊いた。

「まあ、ときには」

「書けるやつを探してるんだ。君はいい作家かい？」

「どの作家だって、自分のことはいいと思ってますよ」

「おれのオペラに台本書いてくれるやつが要るんだ。『サンフランシスコの皇帝』っていうんだけど。サンフランシスコの皇帝になろうとした男の話、知ってるかい？」

「いいえ」

「面白いぞ。本をやるよ」

「そりゃどうも」

しばらくのあいだ、みんなで静かに坐って飲んでいた。どの女も三十代の半ば、セクシーで、自分でもそのことがわかっていた。

「カーテン、気に入ったかね」ウィルバーはおれに尋ねた。「女の子たちが作ってくれたんだ。みんなたいした才能だよ」

おれはカーテンを見た。ぞっとするような代物だった。一面に巨大なイチゴが並び、露にぬれた茎が周りを囲んでいる。

「いいカーテンですね」おれは言った。

ウィルバーがビールの栓をもう何本か抜いた。みんな、さらに何杯かウィスキーを飲んだ。「大丈夫」ウィルバーは言った。「このボトルがなくなっても次のがある」

「ありがとう、ウィルバーさん」

彼はおれを見た。「腕が硬くなってきたんだ」彼は腕を上げて、指を動かした。「指がほとんど動かない。もう死ぬんじゃないかと思う。医者もどこが悪いのかわからんし。女どもはおれが冗談を言ってると思ってる。おれを笑うんだ」

「ぼくは冗談だとは思いませんよ」おれは言った。「ほんとに」

おれたちは、もう二杯ばかり酒を飲んだ。

「あんた、気にいったよ」ウィルバーが言った。「あんたは、いろんなものを見てきたって感じがするし、気品もある。ほとんどの連中は気品なんてない。あんたにはある」

「気品があるかどうかはわからないけど」おれは言った。「いろいろ見てはきましたね」

「隣の部屋へ行こう。さっき言ったオペラを少し聴かせてやるよ」

「いいですね」おれは言った。

おれたちは五分の一ガロンの新しいボトルを開け、隣の部屋へ行った。「スープ作ってほしい、ウィルバー?」グレースが尋ねた。

「オルガンを弾きながらスープを飲むなんて、聞いたことあるか?」彼が答えた。

全員が笑った。みんなウィルバーのことが好きだった。

「彼ったら、酔っぱらうといつもお金を床に投げるのよ」ローラはおれに囁いた。「わたしたちにイヤらしいこと言いながらお金を投げつけるの。おまえらの値打ちなんてこの程度さ、とか言って。そういうときは、本当に意地悪なの」

ウィルバーは立ち上がって寝室へ行き、船乗りの帽子をかぶって出てきて、オルガンの前に坐った。片腕についている動きの悪い指でオルガンを弾きはじめた。すごく大きな音だった。おれたちは坐って飲み、オルガンを聴いていた。演奏が終わると、おれは拍手した。

ウィルバーはスツールに腰かけたまま、こっちを向いた。「以前、女たちが夜ここに集まったことがあった」彼は言った。「そしたら誰かが『**手入れだ！**』って叫んだんだ。あれは見ものだったぜ。みんなあたふた走り回った。裸のやつもいたな、何人かは、パンティとブラしかつけてなかった。全員表に飛び出して車庫に隠れたのさ。すごくおかしかったよ。おれがここに坐ってたら、車庫から一人ずつ帰ってきた。ほんと、**ケッサクだったね！**」

「で、『**手入れだ！**』って叫んだのは？」おれは尋ねた。

「おれさ」彼は言った。

それから彼は立ち上がって寝室に行き、服を脱ぎ始めた。下着でベッドの端に坐っている姿が見えた。ローラが入ってベッドに坐り、キスをした。彼女が出てくると、グレースとジェリーが入った。ローラは階段の下を身振りで示した。おれはスーツケースを取りに下り、持って上がった。

33

目が覚めると、ローラがウィルバーのことを話してくれた。朝の九時半だった。家のなかは物音一つしなかった。「彼は億万長者なの」ローラは言った。「このおんぼろ屋敷にだまされちゃだめよ。彼のお祖父（じい）さんはこのあたりの土地を買い占めたって人だし、お父さんもそうなの。彼の女はグレースなんだけど、グレースったら、彼のことずいぶんひどい目にあわせたみたい。それから、ウィルバーって極めつけのケチなの。バーにいる、寝る場所もない女の子の世話が好きなんだけどね。世話をするのは食べ物とベッドだけ。お金は絶対にあげないの。お酒だって、**彼が**飲んで初めて、みんなも飲んでいいの。でもジェリーだけは特別。ある晩、彼がその気になって、ジェリーを追いかけて、テーブルの周りを回っていると、ジェリーが言ったの。『ダメ、ダメ、ダメよ。私が生きてるあいだ、月五〇ドルずっと払うって約束してくれなきゃ！』って。それで彼、結局その紙切れにサインしたんだけど、それって裁判でも有効なんだって。知ってた？　彼はジェリーに月五〇ドル支払わなきゃならないし、もし彼が死んでも、かわりに家族が払わなくちゃいけないような取り決めになってるの」

「いいね」おれは言った。

「でも、彼の本命はグレースなの」

「で、君は？」

「長いことごぶさただわ」

「そりゃいい。だっておれ、君のこと好きだから」

「そう？」

「うん」

「ねえ、ちゃんと見てなさいよ。もし今日の朝ウィルバーがセーラー・キャップを、ほら、あの船長の帽子よ、かぶって出てきたら、これからみんなでヨットに乗るぞってサインなの。医者がウィルバーに、健康でいたいならヨットに乗れって言ったのよ」

「それって大きなヨット?」

「もちろん。ところで、あなた昨日の夜、床のコイン全部取ったでしょう?」

「ああ」おれは言った。

「ちょっとは残しといたほうがいいわよ」

「そうかもしれないな。少し戻そうか?」

「できればね」

おれがベッドを出て服を着ようとしていると、ジェリーが寝室に駆け込んできた。

「ねえ、鏡の前に立って帽子の角度を直してるわよ。今日はヨットだわ!」

「了解!」ローラが言った。

おれとローラは服を着はじめた。ぎりぎりで間に合った。ウィルバーは一言もしゃべらなかった。二日酔いだ。おれたちは彼のあとについて階段を下り車庫へ行き、信じられないほど古い車に乗り込んだ。すごく古くて、うしろに折り畳み式の席がついていた。グレースとジェリーはウィルバーといっしょに前の席に、おれとローラは折り畳み式のほうに坐った。ウィルバーはバックで車を出すと、アルヴァラード通りを南へ、サン・ペドロへ向かった。

「いま二日酔いで、飲んでないでしょ。で、自分が飲んでないときは他の人にも飲ませたくないのよね。ほんと、嫌なやつ。だから気をつけて」

「チェッ。でも飲みたいな」

「飲みたいのはみんな同じよ」ローラは言った。彼女はハンドバッグから一パイントの瓶を取り出して、蓋を開け、瓶をおれに手渡した。「彼がバックミラーでこっちをチェックするまで待って。そしたらまた前を見るから、そのとき一口飲むのよ」

しばらくしてバックミラーに、おれたちの様子をうかがうウィルバーの目が見えた。それから彼は道路に視線を戻した。おれは一口飲んでだいぶいい気分になり、ローラに瓶を返した。ウィルバーがおれたちをバックミラーで確かめてから道路を見るのを待って、彼女は一口飲んだ。いい旅だ。サン・ペドロに着くころには、瓶は空になっていた。ローラはガムを取り出し、おれは葉巻に火をつけた。おれたちは車を降りた。ローラが降りるのに手を貸すとスカートがめくれ、ナイロン・ストッキングをはいた脚、膝、細い足首が剝き出しになった。おれは勃ってきたので、海を見た。ヨットがあった。オックスウィル号。港のなかでいちばん大きかった。おれたちは小さなモーターボートでヨットまで行き、みんなで甲板にのぼった。ウィルバーは他のボートの知り合いや、港にいる何人かのゴロツキに手を振ると、おれを見た。

「どんな気分だい？」

「すごいよウィルバー、ほんとにすごい……まるで皇帝になったみたいだ」

「こっちに来いよ。いいもの見せてやる」二人で船尾まで歩いて行くと、ウィルバーはかがんで輪っかを引っぱり、ハッチのカバーを取った。エンジンが二つあった。「なんか事故があったときのために、補助エンジンの始動の仕方を教えてやるよ。簡単さ。おれでも片手でできる」

　ウィルバーがロープを引いてるあいだ、おれは退屈な気分でそこに立っていた。はいはいとうなずき、わかったと言った。でも、それで終わりではなかった。ウィルバーはさらに錨の引き上げ方、船着場を出るやり方まで、えんえんと講釈した。おれはただ、もう一杯酒が飲みたかった。

　ぜんぶ終わったところで、おれたちは岸を離れた。ウィルバーは船長の帽子をかぶってキャビンに立ち、ヨットの舵を取っていた。女たちはみんな彼の周りに群がった。

「ねえウィリー、わたしにもやらせて！」

「ウィリー、**私も！**」

　おれは頼まなかった。舵なんか取りたくもない。ローラについて下におりた。そこは贅沢なホテルのスウィートみたいだった。違っていたのは、ベッドが壁についていることとくらいだった。冷蔵庫へ行った。食べ物と酒であふれていた。おれたちは口の開いた五分の一ガロンのウィスキーを見つけて取り出した。二人で少し水割りを飲んだ。悪くない暮らしだ。ローラがレコードプレーヤーのスイッチを入れ、おれたちは『ボナパルト退却』とかいう曲を聴いた。ローラは素敵だった。楽しそうに笑っていた。おれはかがみ込んで彼女にキスをし、脚に手をはわせた。そのときエンジンの切れる音が聞こえて、ウィルバーが階段を下りてきた。

「港に帰るぞ」彼は言った。船長帽をかぶった彼は、ひどく厳しい顔をしていた。

「どうして」ローラが尋ねた。

「あいつがまた不機嫌になったんだ。今にも飛び降りようとしてる。おれと口もきかない。ただ坐って、じっと海を眺めてる。あいつ、泳げないいんだぜ。飛び込んだら大変だ」

「ねえ、ウィルバー」ローラは言った。「あの娘に一〇ドルあげればいいのよ。それだけよ。きっとストッキングが伝線しただけよ」

「いや、港へ帰る。それに、おまえら**飲んでただろ！**」

ウィルバーは階段を上がっていった。エンジンが咳込むような音を立て、ヨットは向きを変えてサン・ペドロへ戻りはじめた。

「カタリナへ行こうとすると、いつもこうなるのよ。グレースが不機嫌になって、頭にスカーフを巻いて、じっと海を見つめるの。あの娘、彼から何かせびりたいときはいつもそうするの。飛び降りたりなんかしないわよ。水が嫌いなんだもの」

「よし」おれは言った。「もう少し飲もうぜ。ウィルバーのオペラに歌詞をつけなきゃ、なんて考えたら、おれの人生、ほんと最悪だなあって気になるよ」

「ぜんぶ飲んじゃったほうがいいわ」ローラが言った。「どうせもうウィルバーは怒ったんだし」

ジェリーが降りてきて仲間に加わった。「グレースったら、あたしがウィルバーから毎月五〇ドルぶんどってるのが気に入らないのよ。なによ。そんな簡単なもんじゃないんだから。あのクソ野郎ったら、グレースがいなくなると、とたんにあたしの上に乗っかって出し入れすんのよ。あいつにはね、満足ってことが絶対ないのよ。死ぬんじゃないかってビビってるから、やれるだけやっとかなきゃ気がすまないのね」

ジェリーは酒をグッと飲み干すとおかわりを注いだ。

「あたし、あのままシアーズ・ローバックで働いてればよかった。うまく行ってたのに」

同感の印に、みんなで一杯飲んだ。

34

港に着くころには、グレースもおれたちに加わっていた。まだスカーフを頭に巻いたままなにもしゃべらなかったが、酒は飲んでいた。みんな飲んでいた。ウィルバーが階段を下りてきたときも、みんな飲んでいた。彼はそこに立っておれたちを見下ろした。

「すぐ戻ってくる」彼は言った。

午後だった。おれたちは待ちながら飲んだ。女たちはウィルバーをどう扱えばいいかで言い争った。おれはベッドに上がって眠った。目を覚ますと、日が暮れかけて寒かった。

「ウィルバーはどこだ?」おれは尋ねた。

「帰って来ないわ」ジェリーは言った。「すごく怒ってるから」

「帰って来る」ローラが言った。「グレースがここにいるもの」

「あんなやつ帰って来なくてもかまわないわ」グレースが言った。「エジプトの全軍が一か月保つくらいの食べものもお酒もあるし」

そういうわけで、おれは女三人と港でいちばんでかいヨットのなかにいた。でもすごく寒かった。海の冷気が伝わってくるのだ。おれはベッドから出て酒を飲み、再びベッドにもぐり込んだ。「ほんとに寒いわね」ジェリーは言った。「そこに入るからあったためて」彼女は靴を蹴って脱ぐと、ベッドに上がってきた。ローラとグレースは飲みながら、なにか言い争っていた。ジェリーは小柄で、ぽっちゃりと、とてもぽっちゃりとしていて、ふわっと気持ちよかった。体をおれに押しつけた。

「うわあ、寒い。腕を回して抱いて」

「ローラが……」おれは言った。

「ローラがなんだって言うのよ」

「いや、怒るんじゃないかと思って」

「そんなことないわよ。友達だもの。見ててごらんなさい」ジェリーはベッドのなかで起き上がった。「ローラ、ねえ、ローラ……」

「なに？」

「ほら、あたし暖めてもらおうとしてるんだけど。いい？」

「いいわよ」ローラが言った。

ジェリーは布団のなかに戻って来た。「ね、いいって言ったでしょ」

「わかった」おれは言った。彼女の尻を触りながらキスした。

「調子に乗っちゃダメよ」ローラは言った。

「大丈夫、抱きついてるだけだから」ジェリーは言った。

おれはジェリーの服に手を突っ込み、パンティを下ろしはじめた。難かしかった。彼女が脱いだころには、おれはもう準備オーケーなんてもんじゃなかった。彼女の舌が勢いよくおれの口を出たり入ったりしていた。横向きでやりながら、おれたちはどうにか平然とした顔を繕おうとした。何度も抜けるたびにジェリーが入れ直した。「調子に乗っちゃダメよ」ローラがまた言った。チンポが抜けるとジェリーはそれを摑み、ギュッと握りしめた。

「ジェリーがおれに抱きついてるだけだよ」おれはローラに言った。ジェリーはくすくす笑って入れ直した。今度は抜けなかった。おれはどんどん熱くなってきた。「なんて女だ」おれは囁いた。「好きだよ」そしておれはイッた。ジェリーはベッドから出てトイレに入った。グレースはローストビーフのサンドイッチを作っていた。おれはベッドから下りた。それからみんなで、ローストビーフのサンドイッチとポテトサラダ、薄切りトマトとアップルパイを食べ、コーヒーを飲んだ。全員腹ペコだった。

「あたし、ほんとにあったまったわ」ジェリーは言った。「ヘンリーったら、性能のいい電気毛布みたい」

「あたしも、すっごく寒い」グレースが言った。「その電気毛布、試してみようかな。いい、ローラ？」

「いいわよ。調子にさえ乗らなければ」

「調子に乗るって、どれくらい？」

「わかってるでしょ」

食べてからベッドに入ると、グレースも上がってきた。彼女は三人のうちでいちばん背が高かった。こんな背の高い女とベッドに入ったのは初めてだ。彼女にキスをした。舌で応えてきた。おれは思った。女は魔法だ。ほんとに、なんてイイんだ！　おれは彼女の服に手を入れ、パンティを下ろした。下まで脱がすのは、けっこう長い道のりだった。「ちょっと、なにしてんの、あんた？」彼女は囁いた。「パンティ脱がしてんの」「どうして？」「やろうと思って」「あたし、あったまろうとしてるだけよ」「やろうと思ってさ」「ローラはあたしの友達よ。それにあたし、ウィルバーの女なんだから」「やろうと思って」「なにしてんの？」「入れようとしてるんだけど」「ダメ！」「なあ、ちょっと手伝ってくれよ」「自分で入れなさいよ」「手伝ってくれよ」「自分で入れなさいよ。ローラはあたしの友達なんだから」「そんなの関係ないよ」「え？」「いや、なんでもない」「ねえ、あたしまだ濡れてないの」「指でちょっとやるから」「あっ、もう、気をつけてよ。少しは女性を大事にしなさいよね」「わかった。わかった。これでどう？」「だいぶいいわ。もっと上。そこそこ。そこよ！　そうそう……」

「変なことしちゃダメよ」ローラは言った。

「おれ、グレースをあったためてるだけだから」

「ウィルバー、いつ帰って来るのかな?」ジェリーが言った。

「帰ってこなくたって、どうってことないさ」おれは言い、グレースに突っ込んだ。彼女は呻いた。気持ちよかった。おれは一回ずつ、測るようにゆっくりと動かした。ジェリーのときのようには抜けなかった。「もう、ひどい人」グレースは言った。「なんて男なの。ローラはあたしの友達なのよ」「おれはおまえとやってるんだぜ」おれは言った。「出たり入ったりするの感じるだろ。出たり入ったり、出たり入ったり、出たり入ったり、ズンズン、ズンズン、ズンズン」「そんなふうに言うのやめてよ。興奮するじゃない」「おれはおまえとやってるんだぜ」おれは言った。「やる、やる、やりにやる。やってる、やってる、やってる。うわっ、なんて**やらしいんだ**。ああ、なんて卑猥なんだ。やってる、やってる、やってる」「もう、やめてよ」「どんどん大きくなってるの、わかるだろ」「ええ、ええ、わかるわよ……」「イキそうだよ。ああ、イキそうだ……」おれはイッてしまい、抜いた。「あんた、あたしを犯したのよ。ひどい。犯したのよ」彼女は囁いた。「ローラに言わなくちゃ」「いいよ、言えよ。でも、ローラが信じるかな?」グレースはベッドから出てトイレに行った。おれはシーツで体をふき、ズボンを上げ、ベッドから飛びおりた。

「みんな、サイコロの振り方、知ってるか?」おれは言った。

「なにが要るの?」ローラが聞いた。

「サイコロはあるから。金、持ってる？　サイコロと金がいるんだ。やり方、教えてやるよ。金を前に出して。金が少ししかないからって、尻ごみしなくていいぜ。おれだってそんなに金、持ってないもん。おれたち、みんな友達だろ？」

「そうよ」ジェリーが言った。「あたしたち、みんな友達よ」

「そうよ」ローラが言った。「あたしたち、みんな友達よ」

グレースがトイレから出てきた。「このろくでなしが、今度はなに？」

「あたしたちに、サイコロの振り方を教えてくれるんだって」ジェリーが言った。

「こういうのを**サイを振る**、って言うんだ。おまえらに、**サイを振って**見せてやるからな」

「ふうん、そうなの？」グレースが尋ねた。

「そうさ、グレース、つっ立ってないで坐れよ。やってみせるから」

一時間後、ほとんどすべての金がおれのものになっていた。そのとき、突然ウィルバーが階段を下りてきた。こうしてウィリーは、おれたちが博打をやりながら飲んでるのを見つけたってわけだ。

「**この船で博打は許さんぞ！**」階段のいちばん下で彼は叫んだ。グレースは立ち上がってウィルバーのところまで飛んで行き、腕を回して口に長い舌を突っ込み股間を摑んだ。

「あたしのウィリーちゃま、どこに行ってたの？　グレースちゃんを、こんなに大(お)っきなボートに淋しく一人ぼっちにして。ウィリーちゃまがいなくて、ほんとに淋しかったんだから」

ウィリーはニコニコしながら部屋に入ってきた。彼がテーブルに着くと、グレースが新しいウィスキーを出して開けた。ウィルバーがみんなに酒を注いだ。彼はおれを見た。

「またちょっとオペラを書き直してきたんだ。あんた、まだ歌詞を書く気はあるかい?」

「歌詞?」

「オペラの台本だよ」

「そのことなら、まだあまりよく考えてないんだ。でもあんたが本気なら、おれはやろうと思ってる」

「おれは本気だよ」彼は言った。

「じゃあ、明日から」おれは言った。

ちょうどそのときグレースがテーブルの下から手を伸ばし、ウィルバーのチャックを開けた。今日はみんな、いい夜を過ごせそうだ。

35

数日後、グレース、ローラ、おれの三人が「グリーン・スミアア」のバーにいると、ジェリーが入ってきた。「ウィスキー・サワーを」彼女はバーテンに言った。飲み物がくると、ジェリーはしばらくじっとグラスを見つめていた。「ねえ、グレース。あなた昨日の夜、いなかったでしょ。わたし、ウィルバーと二人だったのよ」

「ねえ、そんなこと別にいいじゃないの。わたし、他にやることあったんだから。いったいどうしたのかなって、あいつに少し心配させたいのよ」

「ねえグレース、あの人、すっごく落ち込んでるのよ。ヘンリーもローラもいなかったでしょう。彼ったら、話す相手がいなくって。わたし、彼のこと助けてあげようとしたんだけど」

ローラとおれはバーテンの家のパーティで眠り込んでしまったのだった。それからこのバーまで二人でやって来た。おれはまだ歌詞を書きはじめてもいなかった。ウィルバーはしきりにおれをせっついていて、おまけに、しょうもない本を何冊も読ませようとする。おれはだいぶ前に、ものを読むことを一切やめていた。

「彼はほんとに飲んでたのよ。ウォッカにまで手を出したんだから。ウォッカをストレートで飲み出したの。グレースはどこへ行ったんだって、何度も言いながら」

「それって、愛かもね」グレースが言った。

ジェリーはウィスキー・サワーを飲み終えて、おかわりを頼んだ。「あたし、そんなに飲ませたくなかったのよ」ジェリーは言った。「だから、彼が酔いつぶれた隙にウォッカの瓶を取って、全部じゃないけど流しちゃって、かわりに水を詰めたの。でももう、一〇〇度もあるやつをさんざん飲んだあとだったから。あたし、ベッドに来なさいよって何度も誘ったんだけど……」

「それで?」グレースは言った。

「ベッドに来なさいよって何度も誘ったんだけど、彼は来なかった。あそこまで酔われちゃ、あたしも飲まずにはいられなかったわ。とにかくあたし、すっごく眠くてどうしようもなかったから、ウォッカを抱えて椅子に坐ってる彼を、置き去りにしちゃったの」

「じゃあ、ベッドには連れてかなかったわけね」グレースは言った。

「ええ。朝になって部屋に行ったら、彼はまだ椅子に坐ってて、その脇にはウォッカがあったわ。あたし『おはよう、ウィリー』って言ったの。ウィルバーったら、今まで見たこともない、きれいな目をしてた。窓が開いていて、瞳に陽の光が映ってた。魂の目って感じなの」

「知ってる」グレースは言った。「ウィリーは目がきれいなのよ」

「彼はなにも答えなかった。どうしてもしゃべらないの。あたし、ウィリーの弟さんに電話したの。ほら、ヤクやってるお医者さんよ。弟さんが来て、ウィリーを見ると電話をかけたの。しばらく待ってると男が二人来てね。その人たち、ウィリーの目を閉じて、体に針を差したわ。それからみんなで坐って少し話をしてたら、さっき来た男の一人が時計を見て、『よし』って言ったの。それで、わたし以外のみんなが立ち上がって、ウィリーを椅子から起こして担架に乗せたのよ。それで彼を運んで出てった。それでお終いってわけ」

「クソーッ」グレースは言った。「あたし、もうお終いだわ」

「あんたはお終いだけど」ジェリーは言った。「あたしは、まだ月五〇ドルもらえるわ」

「この、デブのでかケツ」グレースは言った。

「ええ、ええ、デブのでかケツですとも」ジェリーが言った。

ローラとおれは、もうお終いだとわかった。言う必要もなかった。

おれたちはみんなバーに坐り、次にどうするか策を練った。

「ねえ」ジェリーが言った。「ウィリーを殺したの、あたしかな?」

「どうやって?」おれは尋ねた。

「ウォッカと水をまぜて。彼、いつもストレートで飲んでたから。あの水で死んだのかも」

「そうかもしれないな」おれは言った。

そしておれはバーテンに合図をした。「トニー」おれは言った。「そこのぽっちゃりしたご婦人にウォッカの水割りを」

グレースはそのジョークをあまりおもしろいとは思わなかった。

おれは自分で見たわけじゃないが、あとで聞いたところ、グレースはバーを出てウィルバーの家へ行ってドアを叩きはじめ、叫んだという。だが、医者をやってるという弟は、ドアまで来たものの、グレースをなかには入れなかった。なんといっても、兄に死なれたわけだし、ヤクもやってたからだ。それでもグレースはやめなかった。医者はグレースのことをよく知らなかったので（セックスするのにいい相手だから、知っといたほうがたぶんよかっただろうけど）、電話をかけて警察を呼んだ。彼女は暴れ狂っていて、手錠をかけるのに警官が二人必要だった。警官がミスって彼女の手を体の前で留めたところ、彼女は手錠を振り上げ、そのまま下ろして警官の顔を切ってしまった。頬がパックリ開いて歯が丸見えになった。さらに大勢の警官が来て、叫んだり蹴ったりしているグレースを連れていった。以後、彼女の姿を見た者はいなかったし、おれたちも互いに会うことはなかった。

36

何列も何列も続く物言わぬ自転車。自転車の部品であふれた大箱。自転車が何列も何列も天井からぶら下がっている。緑の自転車、赤の自転車、黄色の自転車、紫の自転車、青の自転車、女の子の自転車、男の子の自転車、すべてぶら下がっている。ピカピカのスポーク、車輪、ゴム、塗料、革の座席、テールランプ、ライト、ブレーキ。何百台もの自転車が、何列も何列も。

昼の休憩が一時間あった。おれは急いで食べた。夜も朝もろくに眠れず、疲れて体中が痛んでいた。そして自転車の下の、この誰もやって来ない場所を見つけたのだった。きれいに並んだ自転車の深い三つの層の下に、おれは潜り込んだ。あお向けに横たわったおれの上にぶら下がっているのは、正確に並んだ輝く銀のスポーク、車輪のリム、黒いゴムタイヤ、塗ったばかりの塗装、すべてが完璧な秩序を保っていた。壮大で乱れがなく、規則的だった——五百から六百の自転車がびっしり広がり、おれに覆い被さってくる。なぜだかわからないが、おれはそれに深い意味を感じた。おれは見上げ、自転車の樹の下で、あと四十五分の休み、と思うのだった。

でも、自分のなかの他の部分で、おれは気づいていた、もし力を抜いて、この輝く自転車の流れのなかに落ちていったら、おれはもうダメ、おしまいだってこと、もう絶対なにも成しとげられないってことを。だからただあお向けになって、車輪やスポークや塗料の色で自分を慰めていた。

二日酔いの男は、あお向けになって倉庫の天井を眺めたりすべきじゃない。いずれ木の梁に目を奪われたりしたら、首でも括りたくなっちまう。それから天窓の――ガラスの天窓に金網が入ってるのが見える――金網を見てると刑務所を思い出す。そして、瞼(まぶた)が重くなり、一杯飲みたくなって、人の行き交う音がして、それを聞いていると休憩時間の終わりに気がついて、よっこらしょと立ち上がり、歩き回って注文品を詰め、梱包しなくちゃならない……。

37

その女はマネージャーの秘書だった。彼女の名はカルメン――だが、そのスペイン風の名に似合わずブロンドで、ピッタリしたニットの服、先の尖った高いハイヒールをはき、ナイロン・ストッキングにガータベルトをつけて、厚い唇に口紅を塗っていた。ああ、あの体の揺らし方、腰の振り方、机に注文書を持っていくとき、オフィスに戻ってくるときも尻を揺らす。野郎どもはみんな彼女の尻の、ピクッ、ピクッという動きの一つ一つを見ている。ゆらゆら、くねくねと左右に揺れ動く尻。おれは女たらしじゃない。そうだったことは一度もない。女たらしになるには甘い言葉が必要だ。そんなものは得意じゃない。でも結局、おれはカルメンにせがまれて、倉庫の裏の、いつも荷下ろしをしている有蓋貨車まで彼女を連れていき、その奥のほうで立ったまま突っ込んだ。気持ちよかった。あったかかった。まるで、青空の下、広いきれいな浜辺にいるみたいだった。でも、実際は悲しいもんだ――こんなの、とても人間らしいとは言えない。いったいなにをしてるのか。どうすればいいかもわからない。おれは彼女のニット服を腰までたくし上げ、立ったままヤッた。最後に、濃い赤の口紅で厚ぼったくなった唇に口を押しつけて、おれはイッた。まだ開けていないボール箱二つのあいだ、灰の舞う空気のなか、ひび割れた汚い壁に彼女の背を押しつけ、やさしく闇に包まれながらイッた。

38

おれたちはみんな在庫管理と発送係を兼ねていた。おのおの自分の注文品を詰めて送り出した。マネージャーはひたすら間違いを指摘するだけ。一つの注文はすべてたった一人に任されているので、責任逃れはできなかった。三度か四度ヘマをすれば、それでクビだ。

そこで働く連中はみんな飲んだくれや怠け者ばかりで、クビも時間の問題だと覚悟していた。だから気分を楽にして、自分たちの無能がバレるのを待っていた。それまではいちおう、組織につき合って二、三時間真面目に働き、夜、集まって酒を飲んでいた。

おれたちは三人だった。おれ、それからヘクター・ゴンザルベス――やつはのっぽで、猫背で、もの静かだった。美人のメキシコ人妻がいて、ヒル・ストリートの北のほうで、亭主と二人、大きなダブルベッドで暮らしていた。なんでそんなことまで知っているのかと言えば、ある晩ヘクターとビールを飲みに行ったあと、奥さんを恐がらせたことがあったからだ。ヘクターとおれは夕方バーで酔っぱらい、彼の家へ行ったのだが、そのときおれはベッドから彼女を引っぱり出し、ヘクターの目の前でキスをした。ヘクターなら殴り倒せると思ったからだ。刃物にさえ気をつければいい。結局おれは、バカなことしちまってすまないと二人に謝った。奥さんがおれに冷たかったのも無理はない。おれは二度とそこへは行かなかった。

三人目はアラバム、ケチな泥棒だった。バックミラーやねじ釘、ドライバー、電球、反射板、クラクション、バッテリーなんかを盗んだ。物干しからは女のパンティやシーツを、廊下では敷物を盗んだ。食料品店でジャガイモを一袋買うと、袋の底にはステーキ、薄切りハム、アンチョビーの缶を隠していた。やつはジョージ・フェロウズの名で通っていた。ジョージには卑怯な癖があった。飲んでおれがぐでんぐでんに酔うと、おれをやっつけにかかるのだ。ケツをしたたかに蹴り上げようとするのだが、なんせ痩せっぽちだし、おまけに臆病者だった。おれはなんとか少し酔いを覚まし、やつの腹や横っ面（つら）に何発かくれてやる。するとやつは、転がったりよろめいたりしながら階段を落ちていくのだ。そんなときにはいつも、ポケットに入れてるちっちゃな盗品もいっしょに落ちていく――おれのタオル、缶切り、目覚し時計、おれのペン、胡椒の缶、ハサミなんかだ。

自転車倉庫のマネージャー、ハンセンさんは赤ら顔の陰気な男で、ウィスキーの臭いを消すためのクロレッツで舌が緑色になっていた。ある日ハンセンさんはおれを事務所へ呼び出した。

「なあヘンリー、あの二人、ありゃ使えないだろ、どうだ？」

「そんなことないですよ」

「でもさ、とくにヘクターなんて……ありゃ**どうしょうもないよ**、実際。いや、たしかに**いいやつ**だよ、でもさ、おまえ、あいつものになると思うか？」

「ヘクターなら大丈夫ですよ」

「ほんとに？」

「もちろんですよ」

「アラバムのことだけど、なんか目つきがこそこそしてるだろう。自転車のペダルを月に六ダースは盗んでるんじゃないか、どう思う？」

「いや、そんなことないですよ。やつがものを盗むところなんて見たことありません」

「おい、チナスキー」

「なんですか?」

「給料、週一〇ドル上げてやるよ」

「ありがとうございます」おれたちは握手をした。そのとき初めて、主任とアラバムはぐるで、二人で山分けしてることに気づいた。

39

ジャンとのセックスは素晴らしかった。彼女は子供を二人産んでいたが、それでも最高に良かった。おれたちは食堂の屋外テーブルで出会った。おれは最後の五〇セントを、脂ぎったハンバーガーに使ったところだった。おれたちは話をはじめた。彼女はおれにビールをおごり、電話番号を教えてくれた。三日後には、おれは彼女のアパートに転がり込んでいた。

彼女はオマンコのきつい女で、まるで自分の身を切り刻むナイフでも抱え込んでいるみたいに、やたらと感じまくった。彼女を見ていると、おれは脂肪のぎっしり詰まった子豚を思い出した。彼女は意地が悪くて敵意剝き出しだったので、おれとしては、一突きごとにその性悪さにお返ししてる気分だった。卵巣を一つ取ってるから妊娠は絶対にしないと彼女は言っていた。一つしか卵巣がないわりには、激しく濃く応えた。

ジャンはローラによく似ていた――ただ、ジャンのほうが痩せてきれいで、肩までのブロンドの髪と青い目をしていた。彼女は変わっていた。二日酔いの朝ほどやりたがるのだ。二日酔いの朝になんか、おれはしたくなかった。夜型なのだ。でも、彼女は夜になるといつもわめき散らし、おれに物を投げつけた。電話、電話帳、瓶、グラス（中身が入ってることも、空のこともあった）、ラジオ、ハンドバッグ、ギター、灰皿、辞書、壊れた時計のバンド、目覚し時計……普通じゃなかった。唯一確かなことは、朝、とてもしたがるってことだけだった。そして朝、おれは自転車倉庫へ行かなきゃならなかった。

たいていは時計を見ながら、まず一発やる。おれは気取られまいとしながらも、すこし吐いたりする。それから熱くなってきて、イッて、ベッドから転がり下りる。おれは言う。「やれやれ、十五分の遅刻だぜ」彼女はバスルームへ直行、鳥のように楽しそうだ。体を洗い、おならをし、脇毛を眺め、鏡を覗き込んで年齢を心配し、またベッドに戻ってくる。それと交代におれはベッドを出て、シミのついたパンツをはきながら、三番街を東へ向かう車の音を聞く。

「ベッドに戻ってきなさいよ」彼女は言う。

「おいおい、週一〇ドル上がったばかりなんだぜ」

「そんなことどうだっていいじゃない。いっしょに寝ましょうよ、ねえ」

「冗談じゃないよ、勘弁してくれ」

「お願い！　五分だけ」

「わかったよ、まったく」

おれはベッドへ戻る。彼女はおれのパンツを引っぱり下ろし、キンタマを、それからペニスを摑む。「うわあ、この子ったら、**可愛い！**」

おれは考える、いつになったらここを抜け出せるんだ？

「ねえ、一つ訊いてもいい？」

「ああ」

「彼にキスしてもいい？」

「いいよ」

おれはキスの音を聞き、感じ、彼女が舐めはじめたのに気づく。そして、自転車倉庫のことなど、きれいさっぱり忘れてしまう。新聞紙を破る音が聞こえてきて、それがチンポの先にかぶさるのを感じる。「ねえ、見て」彼女は言った。

おれは起き上がった。ジャンは小さな帽子を新聞紙で作り、それをチンポの先にかぶせていた。ヘリには黄色いリボンがついていた。ナニは見事に勃(た)っていた。

「うわあ、彼、**可愛くない？**」彼女は尋ねた。

「**彼**だって？　そりゃ**おれ**だよ」

「違うの、あんたじゃなくて、**彼**なの。あんたは関係ないのよ」

「関係ないって？」

「そう。彼にキスしてもいい？」

「いいよ、うん。しろよ」

ジャンは帽子を取り上げてチンポを片手で握り、いままで帽子のあったところにキスを始める。彼女の目はおれの目の奥深くを覗き込み、チンポの先が彼女の口に入る。おれはうしろにくずおれる。どうしようもない。

40

自転車倉庫に着いたのは朝の十時半だった。始業時間は八時だ。もう午前の休憩時間で、コーヒーのワゴンが外に停まり、倉庫の従業員が集まっていた。おれは歩いて行って、コーヒーのラージサイズとジャム入りドーナツを頼んだ。例の有蓋貨車でした情事のマネージャー秘書、カルメンと話す。いつもながらにぴっちりしたニットの服は、空気を閉じ込めた風船みたいに、いや、もっときつく彼女の体を包んでいた。カルメンは濃い赤い口紅をべったりと重ね、しゃべりながら、おれに近づけるだけ近づき、じっと目を見てクスクス笑い、おれに体をこすりつけた。恐ろしいくらい強引で、逃げ出したくなるほどだった。たいていの女がそうなように、彼女もまた、もう手に入らないものを欲しがっていたが、おれのほうはジャンに精液を全部絞り取られて、吸いつくされたあとだった。カルメンはおれが上品ぶってその気がないふりをして、じらしてるんだと思っていた。おれがジャム入りドーナツを摑んで体をうしろに反らすと、彼女はこっちにもたれかかってきた。休み時間が終わり、おれたちはみんななかへ入った。おれは想像していた。糞のスジが少しだけついたカルメンのパンティが、おれの爪先に引っかかっているさまを。おれたちは二人で、大通りに面した彼女の家のベッドに寝ているのだ。マネージャーのハンセンさんが事務所の外に立っていた。「チナスキー」彼は怒鳴った。聞いたことのある響きだった。要するに、おれはもうお終(しま)いだってことだ。

　おれは彼の前まで歩いて行った。ハンセンさんは、プレスしたての明るい茶色のサマースーツに緑色の蝶ネクタイをしめ、茶色のシャツ、ぴかぴかに磨いた黒と茶色の靴を履いていた。おれは突然、自分の薄汚い靴底のことを考え、足裏に当たる釘のことを意識した。おれの汚れたシャツは、ボタンが三つ取れていた。ズボンのチャックは半分開いたまま動かなくなっている。ベルトのバックルは壊れている。

「なんでしょう?」おれは尋ねた。

「おまえをクビにしなくちゃならない」

「オーケー」

「おまえはすごくいい従業員だが、クビにしなくちゃならない」

なに言ってるんだ、とおれは思った。

「おまえ、十時半に来たのって、今日で五日目か六日目だろう。他のやつらがどう思うかわかってんのか？　みんな一日八時間働いてんだぞ」

「もういいですから。そんな、落ち着いてくださいよ」

「なあ、おれだって若いころはけっこうな乱暴者だった。月に三、四回は目に青あざ作って仕事に出たもんだ。それでも毎日仕事に行った。遅れずに。それでここまで来たんだ」

おれは答えなかった。

「いったいどうしたんだ？　なんで時間通りに来られないんだ？」

おれは突然、正しく答えられたらクビにならなくてすむと直感した。「おれ、結婚したばかりなんですよ。どういうもんかわかるでしょう。ハネムーン真っ直中って感じで。朝おれが服を着はじめると、ブラインドから陽の光が差し込んで、女房が最後にもう一回って、おれをマットレスに押し倒すんですよ」

うまくいかなかった。「退職手当の小切手を用意させるからな」ハンセンはすたすた事務所へ歩いて行った。なかに入って、カルメンになにか言うのが聞こえた。おれはまたパッとひらめいて窓口のガラスを叩いた。ハンセンは目を上げ、こっちへ来てガラス戸を引いた。「あの」おれは言った。「カルメンとはやってないですよ。ほんとに。いい娘だけど、おれの好みじゃないんで。一週間分ぜんぶくれますか」

ハンセンは事務所のほうを向いた。「一週間分の小切手を書いてやれ」まだ火曜日だった。そうしてくれるなんて思いもよらなかった——でも考えてみりゃ、やっとアラバムは、ペダル二万個分の儲けを山分けしているのだ。カルメンが来て小切手を渡してくれた。彼女はそこに立ち、冷淡に笑っていた。そのあいだハンセンは電話の前に坐り、州の職業安定所にダイヤルしていた。

41

おれはまだ三五ドルの車を持っていた。競馬もうまく行っていた。おれたちはツイていた。ジャンとおれは馬のことなんてなにも知らない。でも、おれたちはラッキーだった。そのころは一日九レースではなく、八レースだった。おれたちには魔法のやり方があった——『第八レースはハーマッツ』と呼んでいた。ウィリー・ハーマッツは並よりいいジョッキーだったが、体重に問題があった。今のハワード・グラントみたいに。競馬新聞を見て気づいたのだが、ハーマッツはいつも最終レースに勝っていて、それに賭率(オッズ)もいい。

おれたちは毎日競馬場に通ったわけじゃない。飲み過ぎてベッドから出られない日もあった。そんなときは、午後やっとベッドから起き上がると酒屋に寄り、どこかのバーで一、二時間ジュークボックスに耳を傾け、酔っぱらいを見ながらタバコを吸って、気の抜けた笑い声を聞いていた――いい時間の過ごし方だった。

おれたちはツイていた。勝てる日にだけ競馬場にたどり着いてるらしい。「なあ」おれはジャンに言う。「やつがまたやってくれる、なんて無理だよな……そんなこと、ありえないよな」

そしてウィリー・ハーマッツは来るのだ。あの最後の直線での走り。憂鬱と酒の靄を抜けて最後に忽然と――ウィリーがやって来るのだ。十六倍、八倍、四・五倍。彼以外の世界すべてが冷淡に背を向けても、ウィリーはいつだっておれたちを助けてくれた。

三五ドルの車はたいていはエンジンがかかったから、その点では問題なかった。問題はヘッドライトだ。八レース目のあとは、いつでももう真っ暗だった。ジャンはいつも、バッグにポートワインを入れてくと言ってきかなかった。そしておれたちは競馬場でビールを飲み、うまく行った日にはそこのバーでスコッチの水割りを飲んだ。おれはすでに一度、飲酒運転で捕まっていた。そんなおれが、気づくとヘッドライトもつけずに車を走らせ、自分がどこにいるのかさえわからないのだ。

「心配することあないぜ、なあ」おれは言う。「次にどっかでガクンって揺れりゃあ、ライトもつくって」車のスプリングが壊れてるのも好都合だった。

「穴だ！　帽子を押さえろ！」

「帽子なんてかぶってないわ！」

おれはアクセルをグッと床まで踏み込む。

ドカッ！　ドン！　ドン！　ドン！

ジャンは上下にはねながら、ポートワインのボトルにしがみつく。おれはハンドルを握りしめ、目の前の道にかすかな明かりを探す。早いときも遅いときもあったが、いつでもライトはついた。

42

おれたちは古アパートの四階に住んでいた。裏手の二部屋だ。アパートは高い崖っぷちに建っていたので、裏の窓から外を見ると、四階どころか十二階に見えた。まるで、本物の世界の果てで暮らしてるようだった――それ以上行ったらもう落ちるだけって場所だ。

そうこうするうちに、ご多分にもれず、おれたちの競馬のツキも終わった。めちゃくちゃ金がなくて、おれたちはワインを飲んでいた。ポートワインとマスカットの白ワイン。台所の床には一ガロンの大瓶が六、七本、その前に五分の一ガロン瓶が四、五本、五分の一ガロンの前には一パイントの瓶が三、四本並んでいた。

「いつの日か」おれはジャンに言った。「この世は三次元じゃなくて四次元だってことが証明されたら、人は散歩に出たまま、あっさり消えちまうこともできるだろうよ。葬式も涙も幻想も、天国や地獄もなしにだ。みんなボサッとしてて、それから言うんだ。『ジョージはどうした？』すると誰かが答える。『さあね、わかんない。タバコ一箱買いに行くって言ってたけど』」

「ねえ」ジャンが言った。「いま、何時？　何時か知りたいんだけど」

「うん、ちょっと待って。昨日の夜十二時にラジオで時間合わせただろう。この時計、一時間に三十五分進むってことは知ってるよな。で、今は七時半になってる。でもそれはほんとの時間じゃない、まだ暗くなってないしな。オーケー。七時間半ぶんだけ時計の針が動いた。三五分×七、これは二四五分だ。三五分×二分の一、こっちは一七・五。足せば二五二・五分になるわけだ。オーケー。つまり四時間と四二・五分進んでるんだから、五時四十七分まで時計を戻さなきゃ。五時四十七分だ。夕食の時間だけど、食べ物はなにもない」

　以前時計が落ちて壊れたので、おれが修理したのだった。裏側の蓋を開けると、バネやはずみ車のあたりがおかしくなっていた。もう一度時計を動かすには、ゼンマイを短く切ってきつくするしかなかった。そのせいで時計の針の速さが変わってしまったのだ。長針がほとんど目に見えるくらいのスピードで動いて行く。

「ワイン、一ガロンのやつ、一本開けようよ」ジャンは言った。

おれたちには、ワインを飲んでセックスするしかなかった。

食べられるものはすべて食べてしまった。夜は街をうろつき、駐車中の車のダッシュボードや小物入れからタバコを盗んだ。

「パンケーキ焼こうか?」ジャンが訊いた。

「食えるかなあ、ずーっとパンケーキばっかりだぜ」

バターもラードもなかったから、ジャンはパンケーキを油でカリカリに揚げた。それに、タネからしてパンケーキとは言えなかった——小麦粉を水で溶いただけだ。できてみるとパリパリだった。ほんとにパリパリしていた。

「おれってどんな男なんだ?」声に出して自問した。「親父はおれに、おまえは最後にはこうなるって言ってた! でも出かけて、なんか手に入れてくればいいよな? 出かけて**なんか**手に入れてこよう……でもその前に一杯だ」

おれはコップにポートワインをなみなみと注ぐ。それはひどい酒で、飲んでるあいだ他のことを考えないと、その場で吐いてしまうようなしろものだった。だからおれは、心のなかで別の映画を上映した。おれは思い浮かべる。苔むしたスコットランドの古城を――跳ね橋、青い水、木々、青い空、積雲。それとも、シルクのストッキングをすごくすごくゆっくりとはくセクシーな女。今回はシルクのストッキングのほうを上映した。

おれはワインを飲み干した。「ちょっと出かけてくる」

「行ってらっしゃい」

おれは廊下を歩いて階段を四階から下まで降り、管理人の部屋の前をそっと通り過ぎ（家賃が溜まっていた）外へ出た。丘を下っていった。六番通りとユニオン通りの出会う場所に出た。六番通りを渡って東へ歩く。小さな食料品店があった。おれはその店を一度通り過ぎ、それから向きを変えて再び近づいた。店の前には野菜が並べられていた。トマト、キュウリ、オレンジ、パイナップル、グレープフルーツ。おれはそれを立って見ていた。店のなかを見た。エプロンをした年寄りの男が一人、女の客に話しかけている。おれはキュウリを一本取ると、ポケットに突っ込んで歩き去った。五メートルばかり歩いたところで、声が聞こえた。

「おい、そこの人！　**あんただよ！　キュウリ**を持って戻ってきな。じゃないと**警察**呼ぶぞ！　**ブタ箱**に入りたくなかったら、**キュウリを返すんだ！**」

おれは振り返り、長い道のりを歩いて戻った。三、四人が見ていた。キュウリをポケットから取り出すと、キュウリの山のてっぺんに置いた。それから西へ向かった。ユニオン通りを行き、丘の西側を登り、階段を四階分上がって、ドアを開けた。ジャンが酒から目を上げた。

「おれは落伍者だ」おれは言った。「キュウリさえ盗れなかった」

「気にすることないわよ」

「パンケーキを揚げてくれ」

おれは一ガロン瓶のところに行って、もう一杯注いだ。

……おれはラクダに乗ってサハラを横切る。おれの鼻はデカくて鷲のくちばしみたいだけど、おれはとってもハンサムだ、そう、緑の縞の、白い服を着て。それにおれには勇気がある。殺した相手も一人じゃない。ベルトには大きな曲がった剣を差してる。おれはテントに向かう。そこでは、大いなる知恵を授けられた、まっさらな処女膜の十四歳の娘が厚い東洋風のカーペットに坐って、おれが来るのを今か今かと待ってる……。

酒が喉を下っていく。毒がおれの体を揺さぶった。小麦粉と水の焦げる臭いがする。ジャンに一杯、おれにもう一杯注いだ。


そんな地獄のような夜が続いているあいだに、第二次大戦が終わった。戦争はおれにとって、せいぜいぼんやりとした現実くらいの感じでしかなかったが、今やそれも終わったのだ。そして、ただでさえ困難な職探しが、もっと厳しくなった。毎朝起きると、おれは「農場労働市場」から始めて、公営の職安をすべて回った。二日酔いの頭で四時半に無理して起き、正午には帰ってきた。おれはあちこちの職安を限りなく歩いた。たまには荷下ろしや日雇い仕事にありついたが、これは給料の三分の一もピンハネするような私営の職安に行き出してからのことだった。結局いつもほとんど金なんかなかったし、家賃は溜まる一方だった。しかし、勇敢にもおれたちはワインボトルを並べ続け、セックスをし、喧嘩をして、待った。

金が少し入ると、おれたちは大中央市場に出かけ、安いシチュー用の肉と人参、ジャガイモ、玉ネギ、セロリを買った。そのすべてを大鍋に入れ、坐って話し、もうじき食えるぞと思いながら匂い——玉ネギ、野菜、肉——をかぎ、コトコト煮える音に耳をすましていた。おれたちはタバコを巻いていっしょにベッドに入り、ベッドからまた出て歌を歌った。ときどき管理人が静かにしてくれと言いに来て、ついでに**家賃が溜まっているる**と言った。近所のやつらには、おれたちの喧嘩の声はなんともないが、歌は我慢できなかった。『なんにもない』『オールド・マン・リヴァー』『ボタンとリボン』『回転草と転がって』『アメリカ万歳』『ドイツ、世界に冠たるドイツ』『ボナパルト退却』『雨の降る日は気が滅入る』『キープ・ユア・サニー・サイド・アップ』『もう銀行には金がない』『狼なんて怖くない』『ディープ・パープル』『ア・ティスキット・ア・タスケット』『おれは天使と結婚した』『迷子の子羊』『親父さんと結婚した娘みたいな女の子が欲しい』『どうやってあいつらを農場にとどまらせよう』『もしあんたが来るって知ってたらケーキを焼いたのに』……。

43

ある朝、おれは気分が悪過ぎて、四時半――というか、おれたちの時計では七時二十七分三十秒には起きられなかった。おれはアラームを止め、もう一度寝た。二時間ばかりあと、廊下で大きな物音がした。「なによ、いまの？」ジャンが尋ねた。

おれはベッドから出た。おれはパンツをはいて寝ていた。パンツにはシミがついていた。手でもんだ新聞紙で拭いていたのだが、ちゃんと拭けてないこともよくあった。おまけにパンツはボロボロに擦り切れていて、タバコの火でできた焼け焦げがあった。

おれはドアを開けた。廊下は煙でもうもうだった。番号の書かれた大きなヘルメットをかぶった消防士。厚くて長いホースを引きずる消防士。アスベスト服を着た消防士。斧を持った消防士。ものすごい騒音と混乱だった。おれはドアを閉めた。

「なんなの？」ジャンが尋ねた。

「消防署だよ」

「あ、そう」彼女は言った。布団を頭まで引っぱると、ごろんと横向きになった。おれは彼女の隣に入り、眠った。

44

おれはついに自動車部品の問屋の職にありついた。問屋はフラワー通りの、十一番通りを下ったあたりにあった。小売りもし、他の卸売業者や店にも卸していた。その仕事に就くために、おれは身を落とさなければならなかった――やつらに向かって、ここを第二の故郷と思いたい、なんて言ったのだ。これにはやつらも喜んだ。

おれは受取り係だった。それに、近所を六か所ばかり回って、部品を取ってくる仕事もあった。だから建物の外に出られた。

ある日、昼食の時間、利口そうな顔の若いメキシコ系の男が真剣な顔で、新聞の今日の出走表を読んでいるのに気づいた。

「競馬やるの？」おれは尋ねた。

「ああ」

「新聞見ていい？」

おれは出走表を見て新聞を返した。

「マイ・ボーイ・ボビーが第八レースで勝つな」

「そうとも。そのくせ本命じゃないんだ」

「ますますいいね」

「オッズはどれくらい？」

「四・五倍ってとこ」

「馬券買えたらなあ」

「ほんとほんと」

「ハリウッド・パークの最終レースは何時だ？」彼は尋ねた。

「五時半」

「ここを五時に出ればいい」

「間に合いっこないって」

「やってみようぜ。マイ・ボーイ・ボビーが勝つんだから」

「ツイてないよ、まったく」

「いっしょに来るか？」

「よし、行こう」

「時計を見てろよ、五時になったら急いで出るから」

五時五分前、おれたちは二人とも奥の出口のできるだけ近くで働いていた。相棒――マニーという名だ――は時計を見た。「二分前になったら出るぞ。おれが走りだしたら、ついて来いよ」

マニーは部品の箱を奥の棚に乗せていた。突然やつは駆け出した。おれはぴったりとうしろについた。おれたちはあっという間に奥のドアから出て、路地を走った。やつは速かった。後で聞くと高校時代、四分の一マイル走の市代表だったらしい。路地を行くあいだ、おれはずっと一・二メートル遅れをとっていた。角のところに車が停めてあった。やつが鍵を開け、おれたちは乗り込み発進した。

「マニー、間に合わないよ」

「大丈夫。おれ、運転うまいから」

「だって一五、六キロはあるんだぜ。着いてからも駐車場から窓口まで行かなきゃならないし」

「おれ、運転うまいから。大丈夫」

「信号でだって停まれないよ」

車はそこそこに新しく、マニーは車線変更もうまかった。

「おれ、この国の競馬場、全部行ったことあるよ」

「カリエンテも？」

「ああ、あそこは二五パーセントも取りやがる」

「らしいね」

「ドイツなんかもっとひどいぜ。五〇パーセントだもん」

「それでもやるやついるのか？」

「ああ、バカがいて、自分さえ勝ち馬に賭ければいいと思ってるからな」

「おれたちだって一六パーセントは取られてる。これだってあんまりだぜ」

「ひどいよな。でもいいギャンブラーはそんなもの乗り越えるのさ」

「そうだよな」

「くそ、赤信号だ！」

「かまわねえ、そのまま行け」

「右に回るぞ」マニーは急に車線を変えて、赤信号に突っ込んだ。「パトカーいないか見てくれ」

「おう」マニーは本当に運転がうまかった。馬に賭けるのもこれほどうまけりゃ、やつは勝てる。

「結婚してるのか、マニー？」

「いや」

「女は？」

「たまに。でも続かないね」

「なにが問題なんだ？」

「女って、フルタイムの仕事だろう。仕事となりゃ選ばなきゃね」

「まあ、神経は使うわな」

「体もさ。昼も夜もしたがるからな」

「おまえもしたいと思う女を見つけりゃいいじゃないか」

「ああ、でも飲んだりギャンブルに入れ揚げると、今度はわたしに不満なの、ってくるし」

「なら、酒もギャンブルもセックスも好きな女とつき合えば」

「そんな女がいいなんてやついるか？」

おれたちは駐車場に着いた。七レース目のあとは駐車場も入場料もタダになるが、プログラムや競馬新聞がないのは問題だった。もし出走を取り消した馬がいたら、自分の賭けた馬が電光掲示板のどの番号かわからなくなってしまう。

マニーは車に鍵をかけた。おれたちは駆け出した。マニーはおれに六馬身の差をつけていた。開いた門からトンネルを下った。トンネルのなかで、マニーは六馬身の差を保っていた。ハリウッド・パークのトンネルは長い。トンネルから出て場内へ入ると、おれは追い上げて五馬身まで迫った。ゲートに馬が入ってるのが見える。おれたちは全力で窓口へ走った。

「マイ・ボーイ・ボビーは……何番だ？」おれは走りながら片足の男に叫ぶ。答えを聞く前に、男の声は遠ざかっていた。マニーは五ドルの窓口に走った。おれが着いたとき、彼はもう自分の券を握っていた。「番号は？」「八だ。八番だ！」おれが五ドル出して券を受け取ると、ベルが鳴って発券機械が止まり、ゲートから馬が走り出た。

　朝の予想で六倍をつけていたボビーは、掲示板では四倍になっていた。三番の馬が一・二倍の本命だった。それは八〇〇〇ドルレースで、距離は一と一六分の一マイル。第一コーナーを回って本命がトップ、ボビーに四分の三馬身の差をつけていた。ボビーは斧を振り上げた死刑執行人のように本命の肩のあたりを狙っていた。軽やかに駆けている。

「一〇ドル賭けりゃよかったな」おれは言った。「うまく行ってるぜ」

「ああ、どうやら勝ちだな。よけいなのが飛び出してこなけりゃ」

　ボビーは最終コーナーを回ったところで思ったより早く仕掛け、横から本命をかわした。技のある騎手がたまにやる手だ。本命を内から差し、そのままぐんぐん抜け出るのだ。直線に出たころには三馬身半の差がついていた。と、群れから四番の馬が出てきて並んだ。九倍の馬だ。でもボビーはすべるように走った。ムチも拍車もなしで、二馬身半の差をつけて勝った。配当は一〇ドル四〇セントだった。

次の日職場でおれたちは、昨日なんで突然帰ったのかと訊かれた。最終レースの馬券を買いに行ったんだ、今日もまた出かけるつもりだと白状した。マニーはどの馬を買うか決めていたし、それはおれも同じだった。何人かが自分たちの馬券も買ってくれるかと訊いてきた。どうかなあ、とおれは答えた。正午になって、マニーとおれはバーに昼めしを食いに行った。

「なあハンク、やつらのぶんも買ってやろうぜ」

「あいつら、金なんか持ってないぞ――持ってるのは、かみさんからもらったコーヒーとチューインガムの金だけさ。それに、二ドルの窓口でぐずぐずしてる暇なんてねえよ」

「馬券なんか買わずに、そのまま金を取っておくのさ」

「やつらが勝ったら？」

「勝つわけないって。いつだって間違った馬を選ぶんだ。やつらは絶対に間違った馬を選ぶんだよ」

「おれたちの馬に賭けたら？」

「そしたら、おれたちの馬が間違ってるってことさ」

「マニー、なんでおまえ自動車部品の店なんかにいるんだ？」

「休んでるんだ。おれの野望には、怠け癖のハンディがついてるのよ」

おれたちはもう一杯ずつビールを飲み、店へ戻った。

46

馬がゲートに入れられているあいだ、おれたちはトンネルを駆け抜けていた。目当てはハッピー・ニードルズだった。たった一・八倍だし、二日続けては勝たないだろうな、とおれは思い、五ドルしか賭けなかった。マニーは一〇ドル賭けた。最後の数歩で外から差し、ハッピー・ニードルズは首の差で勝った。おれたちは馬で勝った金と、違う馬に賭けた問屋の連中からの三二ドルを手に入れた。

噂は広まり、おれが部品を受け取りに回る他の問屋連中も馬券を買ってほしいとおれに金を渡した。マニーは正しかった。やつらはめったに勝たなかった。安直な本命狙いだったり、そうでなければとっぴな馬に賭けた。実際に勝つのは、いつもちょうどそのあいだの馬だった。おれはいい靴と新しいベルト、それに高級なシャツを二枚買った。問屋のオーナーなんか恐くなかった。マニーとおれは少し長い昼食を終えると、いい葉巻をくわえて戻った。

そして午後になると、息せき切って車で最終レースに通った。観客は、トンネルから出てくるおれたちを覚えているようになり、毎日おれたちを待っていた。みんな声援したり競馬新聞を振りまわしたりして、死にもの狂いで窓口を目指すおれたちが前を走りかかると、その声はひときわ大きくなった。

47

新しい暮らしはジャンには合わなかった。彼女は一日四回のセックスに慣れていたし、貧乏でうだつの上がらないおれを見るのにも慣れていた。問屋での仕事のあと、車をぶっ飛ばし、駐車場からトンネルを全力で走ってから、やりたい気分なんかほとんど残ってなかった。毎晩家に帰ると、ジャンはワインで飲んだくれていた。「競馬狂いさん」おれが入っていくとジャンはそう言う。盛装している。ハイヒールにナイロン・ストッキング、足を高く組んで、足先をぶらぶらさせている。「競馬狂いさん。ねえ、初めて会ったとき、あたしが好きだったのはあんたの部屋での歩き方だった。ただ部屋を**歩く**んじゃなくて、壁を通り抜けちゃうみたいに、すべてはおれのもので、なにもかまうことなんかないぜって感じだったわ。それが、ポケットに何ドルか入ったせいで、今はもう同じ人じゃなくなっちゃった。まるで、歯医者になろうと勉強中の学生か、配管工みたい」

「配管工がどうしたっていうんだ、ジャン？」

「もう二週間もセックスしてないのよ」

「愛にはいろんな形があるんだ。おれのは繊細なんだよ」

「もう二週間もセックスしてないのよ」

「我慢しろよ。あと半年もすりゃ、パリかローマでバカンスだ」

「なによ！　自分だけいいウィスキー飲んじゃって、あたしをここに放っといて、胃が腐るような安酒飲ませて」

おれは椅子でくつろぎ、ウィスキーのグラスを揺らしてなかの氷を回した。値段の張る黄色のすごくケバケバしいシャツを着て、新しい緑色のズボンには細かな白い縦縞が入っていた。

「まったく、一流の競馬狂いだこと！」

「おれはおまえに魂を与えよう。知恵と光と音楽と、ささやかな笑いを与えよう。そしておれは、世界で最も偉大な競馬プレイヤーなのだ」

「ただの競馬バカじゃない！」

「いや、競馬プレイヤーだ」おれはウィスキーをグッと飲み干すと、立ち上がってもう一杯注いだ。

48

言い争うことはいつも同じだった。おれは思い知った——愛に明け暮れるやつはヒマ人だってことを。タイムカードを押す勤め人やってるより、飲んだくれてたときのほうがおれはちゃんとセックスした。

ジャンは反撃に出た。おれと言い争い、おれが怒ると街へ飛び出してバーへ向かうのだ。スツールに坐ってさえいれば、酒は誰かがおごってくれる。そんなのフェアじゃないよな、とおれは思った。

ほとんどの夜、ことはパターンどおりに進んだ。ジャンはおれに喧嘩をふっかけ、ハンドバッグを摑んでドアから出て行く。ほんとに応えた。おれたちはあまりにも長いあいだいっしょに暮らし、愛し合ってきたのだ。おれがそう感じるのも当然だったし、事実そう感じた。でも、おれはいつも彼女を行かせ、なすすべもなく椅子に坐ってウィスキーを飲み、ラジオのダイヤルをクラシック音楽に合わせた。彼女がどこかの店で、今ごろは誰か他の男といることをおれは知っていた。でもおれは、そうなるに任せていた。そうするしかなかった。

ある夜、坐っていたおれのなかでなにかが壊れた。それが壊れるのがはっきりわかった。おれのなかでなにかムカつくものが湧き上がり、おれは立ち上がると四階から階段を下りて表へ出た。三番通り、ユニオン通りから六番通りへ、そして西へ六番通りに沿ってアルヴァラードのほうへ。おれは何軒ものバーの前を通り過ぎながら、そのどれかにジャンがいることを知っていた。見当をつけて入ると、ジャンがカウンターのずっと奥に坐っていた。膝に緑と白のシルクのスカーフをかけていた。鼻にイボのある痩せた男と、古びた黒いスーツを着て遠近両用メガネをかけた、丸い小さなコブのような男のあいだに坐っていた。

ジャンがこっちを見た。目を上げた彼女の顔が青ざめているのが、バーの薄暗がりのなかでもわかった。おれは彼女のうしろへ行きスツールのそばに立つ。「おれはおまえをレディとして扱ってきたのに、これじゃただの淫売じゃないか！」おれにバックハンドで殴りつけられた勢いで、ジャンはスツールから崩れ落ちた。ジャンは床に倒れたまま悲鳴を上げた。おれは彼女のグラスを摑んで飲み干した。「さあ、もし誰か……おれのしたことが**気に入らない**やつがいたら……そう言ってくれ」

答えはなかった。たぶんおれのしたことは、みんなの気に入ったんだろう。おれは再びアルヴァラード通りに出た。

49

自動車部品の問屋で、おれはどんどん働かなくなっていった。オーナーのマンツが歩いてくると、おれは暗い隅か通路にしゃがみ、入荷した品物をおそろしくゆっくりと棚に上げた。

「チナスキー、おまえ大丈夫か？」

「はい」

「病気じゃないよな？」

「違います」

マンツは行ってしまう。こんな光景が、細かい違いはあるものの何度も何度も繰り返された。あるときなど、おれが送り状の裏に通路のスケッチを描いているのをマンツが見つけたこともあった。おれのポケットは私設馬券で集めた金であふれていた。二日酔いもそんなにひどくはなかった。きっといちばん高いウィスキーを飲んでるからだ。

そんなふうにして、さらに二週間、給料をもらい続けた。そして水曜日の朝、マンツが事務所のそばの中央通路に立っていた。こっちへ来い、とマンツはおれに手で合図した。おれが事務所に入ると、マンツは机の向こう側に坐っていた。「坐れ、チナスキー」机の中には小切手が伏せてあった。おれはそのまま机の上のガラスに小切手を滑らせ、見もせずに財布に入れた。

「クビだってこと、わかってるな？」

「上司の考えてることくらいお見通しですよ」

「チナスキー、おまえは一か月間、すべきことをしなかった。自分でもわかってるはずだ」

「おれは頑張ったのに、あんたが認めてくれないだけですよ」

「頑張ってないだろうが、チナスキー」

おれはうつむいて、しばらく靴を見ていた。なんて言っていいのかわからなかった。そして彼を見た。「おれはあんたに、自分の**時間**をやった。おれがあんたにやれる、ただ一つのもの……誰もが持ってるものを。時給たった一ドル二五セントで」

「おい、働かせてくださいって頼んだのはおまえじゃないか。ここは第二の故郷ですって言ったろう」

「……おれの時間のおかげで、あんたは丘の上の豪邸に住み、豪勢に暮らせるんだ。この取り引きでなにかを失ったやつがいるとしたら……それはおれだ。そうだろ？」

「わかったよ。チナスキー」

「わかったって？」

「ああ。もう行け」

おれは立ち上がった。マンツは地味な茶のスーツを着て、白シャツに暗い赤のネクタイをしめていた。おれは最後にカッコよく、決めの言葉を言おうと思った。

「マンツ、失業保険を出してくれ。ごまかしっこなしだぜ。おまえらみたいなやつは、なにかっていうとすぐ労働者の権利を踏みにじろうとする。だからごまかすなよ、でないともう一度戻ってくるからな」

「失業保険はちゃんと出すから。さっさと出てけ！」

おれはさっさと出て行った。

50

自分の当てたぶんと私設馬券で儲けた金があったから、おれは毎日ただボサッとしていた。おれがそんなふうにしているのを、ジャンも気に入っていた。二週間経ったら、失業保険が出はじめた。おれたちは気楽にセックスをし、バーを回った。そして週一回、カリフォルニア州の職安に出かけて列に並び、小切手をありがたく頂戴した。三つの質問に答えさえすればよかった。

「あなたは働けますか？」

「働く気はありますか？」

「仕事があったら責任を持って引き受けますか？」

「はい！　はい！　はい！」おれはいつもそう言った。

先週応募した三つの会社のリストも出さなくちゃならなかった。おれは電話帳から、名前と住所を適当に選んだ。失業保険をもらっているやつらを見ていていつもおれが驚くのは、三つの質問のどれかに「いいえ」と答えるやつがいることだった。やつらは即座に小切手を取り上げられ、別室に連れて行かれた。そこには、特別な訓練を受けたカウンセラーがいて、そいつらがドヤ街へ落ちていく手助けをしていた。

それでも、失業保険の小切手も入るし、競馬で稼いだ貯えもあったのに、おれたちの資金は底を尽きはじめた。したたかに飲んだあとは、おれもジャンも行動がまるでいい加減になり、貨車一両分まるごとって感じで次々と問題が起こり続けた。おれはジャンの保釈のために、年中リンカーンハイツ刑務所へ走った。ジャンはレズの看守に肘を摑まれて、エレベーターを降りてきた。ほとんどいつも、目の周りが黒くなってるか、口が切れてるかで、どこかのバーで出会った狂人から、挨拶代わりに毛ジラミをうつされてるのもしょっちゅうだった。保釈金と法廷費用と罰金、それから、六か月間禁酒会に出席するようにとの判事からの勧告。おれ自身も、刑を延期してもらうための金や重い罰金をくらい続けた。ジャンはなんとか課徴金を払い、おれを救ってくれた。レイプ未遂、暴行、猥褻物陳列罪、公道の往来妨害。治安妨害なんかもおれの好みだった。でも、たいていは刑務所には入らずにすんだ――少なくとも金を払っていれば。とはいえ、べらぼうに金がかかった。ある晩、おれたちの古びた車がマッカーサー公園のすぐ外れでエンストしたときのことを思い出す。おれはバックミラーを覗いて言った。「やったね、ジャン。おれたちはツイてる。押してもらえるぞ。うしろから車が来た。こんな汚い世の中にも、やさしい心の持主がいるんだな」そして、おれはもう一度見た。「**なんてこった**、ジャン。あいつ、**ぶつかってくるぞ！**」そのバカ野郎はスピードを落とさず、真うしろからぶつかって来た。すごい衝撃でこっちの車のフロントシートが壊れ、おれたちは床に投げ出された。車から降りて、おれはそいつに、おまえ中国で免許取ったのか、とわめいた。ぶち殺すぞ、と脅してやった。警察が来て、風船をふくらましてくれるかね、とおれに言った。「やめて」ジャンは言った。だがおれは聞かなかった。どういうわけかおれは、ぶつけたこいつが悪いんだから、おれが酔ってるわけがないと思い込んでいた。おれが最後に覚えているのは、パトカーに乗るとき、ジャンがフロントシートの壊れた車の横に立っていたことだ。こんな出来事のたびに、多くの金が出て行った――しかも、それが次々と起こるのだった。おれたちの暮らしは少しずつバラバラになっていった。

51

ジャンとおれは、ロス・アラミトスについた。土曜だった。そのころ、四分の一マイルレースはまだ目新しかった。十八秒で勝ち負けが決まるのだ。当時の正面観覧席は、ニスも塗ってないただの板が何列も続いているだけのものだった。競馬場に着くと混んできたので、おれたちは席取りに新聞紙を広げて置いておいた。それから、競馬新聞をじっくり見ようとバーへ下りた。

入場料は別にして、四レース目のころには、おれたちは一八ドル儲かっていた。次のレースの馬券を買って席に戻った。小柄で白髪の老人が、おれたちの新聞紙の真ん中に坐っていた。「あの、おれたちの席なんですけど」「ここ、予約席じゃないだろ」「予約席じゃないことは知ってます。でも、こんなの当たり前の礼儀でしょ。ねえ……おれやあんたみたいに貧乏で、予約席を取れない人が、ここはおれの席だよって印に新聞紙を置くんですよ。暗号みたいなもんでしょう。礼儀の暗号……だって、もし貧乏人同士親切にしなかったら、誰が親切にしてくれるっていうんです」「ここ、予約席じゃないだろ」彼はおれたちの新聞紙の上で脚をさらに少し大きく広げた。「ジャン、坐れよ。おれは立ってるから」ジャンは坐ろうとした。「ちょっと動いてよ」おれは言った。「もし紳士じゃないなら、せめて下衆野郎にはならないでくれ」彼は少し動いた。おれは外枠の三・五倍の馬に賭けていた。馬はスタートで遅れをとった。追い上げたのは最後の一秒で、一・二倍の本命との写真判定になった。おれは期待しながら待った。結果は本命のほうだった。二〇ドル、パーだった。「飲みに行こう」バーには賭率（オッズ）の出るボードがあり、入っていくと次のレースのオッズが出ていた。白熊みたいな男に酒を注文した。ジャンは鏡を覗き、頰や目の下のたるみの心配をしていた。おれは決して鏡を見なかった。ジャンが酒を手に取った。「わたしたちの席に坐ってるあの爺（じじい）、図々しいわねえ。あの、性悪の老いぼれ犬」「おれはどうも好かないね」「あんたに面と向かってたてつくんだもんね」「爺だから手出しもできねえしな」「若くたってなにもしやしないじゃない」おれはオッズをチェックした。スリーアイド・ピートが四・五倍だったが、実力では本命や二番人気に引けをとらない。酒を飲み終えてから、おれは五ドル賭けた。観客席に戻ると、老いぼれはまだそこにいた。ジャンはやつの隣に坐った。二人の脚が触れ合っていた。「どんな仕事してるの？」ジャンは彼に尋ねた。「不動産。おれは年に六万ドル稼ぐ——手取りでだ」「なら、なんで予約席に坐らないんだ」おれは訊いた。「おれの勝手だ」ジャンはわき腹を彼に押しつけ、いちばんウケる笑顔を作った。「ねえ」彼女は言った。「あなた、青くてほんとにきれいな目してんのね」「ああ」「名前は？」「トニー・エンディコット」「あたしはジャン・メドウズ。ニックネームはミスティよ」馬がゲートに入り、飛び出した。最初に出たのがスリーアイド・ピートだった。ずっと首の差をつけていた。残り五〇ヤードのところで、騎手は尻にムチを入れた。二番人気が最後に突っ込んできた。また写真判定になったが、おれは負けだとわかっていた。「あんた、タバコある？」ジャンはエンディコットに尋ねた。彼はタバコをジャンに渡した。彼女がくわえると、彼はわき腹をぴったりくっつけたまま、そのタバコに火をつけた。二人は互いに目を見交わした。おれは上から手を伸ばすと、やつのシャツの襟を摑んで持ち上げた。やつの体は少しずり落ちたが、おれは襟を放さなかった。「あんた、おれの席に坐ってるんだぜ」「ああ、で、どうしようってんだ？」「自分の足のあいだを見ろよ。座席の下が開いてるだろ。地面まで一〇メートルはある。あんたを落とすことだってできるんだぜ」「おまえにそんな度胸なんかないよ」二番人気の番号が表示された。おれの負けだ。おれはやつの片足を隙間に押し込み、ブラブラさせた。もがく力は驚くほど強かった。やつはおれの左耳に嚙みつき、耳を食いちぎろうとした。おれは指を奴の首に回して絞め上げた。白くて長い毛が一本、喉から伸びていた。やつはあえいだ。やつの口が開き、おれは耳を引き抜いた。もう一方の足も隙間に入れた。おれの頭のなかで、ジャ・ジャ・ガボールの映像が閃いた。彼女はクールで落ち着いていて、非の打ちどころがなく、真珠をいっぱい身につけ、深い襟ぐりのドレスからは胸がこぼれ落ちそうだった——そして、決しておれのものになることのない唇が、ダメ、と呟いた。老いぼれの指は板にしがみついていた。やつは観覧席の床にぶら下がっていた。ゆっくりと。おれは一方の手を放した。それからもう一方も。やつは空間を落ちていった。ゆっくりと。地面に当たり、一度はずんだ。思ったより高く。それからまた落ち、もう一度当たって、二度目は小さくはずんだ。そして、横たわったまま動かなくなった。血は見えなかった。周りにいる連中はすごく静かだった。みんなかがみ込んで競馬新聞を見ていた。「さあ行こう」おれは言った。ジャンとおれは側面のゲートから出た。客はまだ、列をなして入ってきていた。穏やかな午後で、暖かいが暑くはない、ちょうどいいくらいの陽気だった。おれたちは競馬場を過ぎ、クラブハウスも過ぎて外へ出た。金網のフェンス越し、ずっと東のほうに、厩舎から出てきた馬がゆっくりと輪を描いてスタンド前をパレードしているのが見えた。おれたちは駐車場まで歩いた。車に乗った。発進した。もと来た街へ向かった。最初、油田と石油タンクを過ぎた。そして、開けた平野を通り、静かに手入れの行きとどいた小さな農園をいくつも過ぎる。干し草を荒っぽく積んだ黄金に輝く山、遅い午後の陽の光を浴びた、白ペンキの剝げかかった納屋。その前面の小高い丘の上に建つ、こぎれいで暖かい感じの小さな農家。アパートに着くと酒はなかった。ジャンに買いに行かせた。ジャンが帰って来てから、おれたちは坐って飲んだ。ほとんどしゃべらなかった。

52

目覚めると、おれは汗だくだった。おれの腹にジャンの脚が乗っていた。おれはその脚をどかした。それから起き上がり、トイレへ行った。下痢だった。おれは思った。ま、いちおう生きていて、ここに坐ってる。おれによけいな口を出すやつは誰もいない。

それから立ち上がると、ケツを拭いて、見た。おれは思った。なんて汚いんだ。なんてイカした臭いなんだ。それからおれはゲロを吐き、水を流した。おれの顔は真っ青だった。寒けで体が震えた。それから突然熱くなった。首と耳が焼けるように熱く、顔が火照った。頭がくらくらして、目を閉じて両手で洗面台にすがりついた。発作はおさまった。

おれはベッドに戻って端に坐り、タバコを巻いた。よくケツを拭いてなかった。ビールを探しに立ち上がると、シーツに湿った茶色のシミがついていた。もう一度トイレへ行き、改めてケツを拭いた。それからビールを持ってベッドに坐り、ジャンが目覚めるのを待った。

自分が間抜けだってことを、おれは校庭で最初に学んだ。おれは嘲られ、笑われ、バカにされた。他の一人か二人の間抜けもそうだった。おれが唯一、殴られたり追いかけられたりしている他のやつより有利だったのは、むっつり黙っているところだった。取り囲まれても、おれは脅えなかった。みんなは決しておれを攻撃しなかった。結局、いつも他のやつに向かっていき、そいつを殴ったりしていた。おれは黙ってそれを見ていた。

ジャンが動き、目覚めて、おれを見た。

「起きてたの」

「ああ」

「すごい夜だったわね」

「夜だって。なんだよ、**昼だぜ**、おれが悩んでるのは」

「どういう意味？」

「わかってるくせに」

ジャンは立ち上がって、トイレへ行った。おれは彼女のためにポートワインに氷を入れ、ベッド脇の台に置いた。

ジャンは出てきて坐ると、酒を手に取った。「気分はどう？」彼女は尋ねた。

「人を殺した男に、どんな気分か訊こうってのか」

「殺したって、誰を？」

「覚えてるだろ。おまえ、そんなに酔ってなかったはずだぜ。おれたちはロス・アラミトスにいた。おれは観覧席の隙間から老いぼれを落としたんだ。青い目の、年に六万ドル稼ぐ色男をさ」

「あんた、頭おかしいんじゃないの」

「ジャン、おまえ飲み過ぎて忘れちまったんだ。おれも飲んでたけど、おまえのほうがひどい」

「昨日はロス・アラミトスになんか行ってないわよ。あんた、四分の一マイル嫌いじゃない」

「賭けた馬の名前だって覚えてるんだぞ」

「昨日は朝から晩まで、ここでボサッとしてたじゃない、あたしたち。あんたは両親の話をして。両親はひどくあんたを嫌ってた。そうでしょ?」

「そうだ」

「だからあんた今、ちょっとイカれてんのよ。愛が足りなくて。誰にだって愛は必要でしょ。それであんた、偏屈になったのよ」

「世間のやつらは愛なんか必要としてない。必要なのは、なんでもいいから成功することだ。愛もその一つかもしれないけど、別に愛じゃなくてもかまわないんだ」

「聖書は『汝の隣人を愛せ』って言ってるわ」

「そりゃ、ほっとけって意味だ。おれ、新聞買ってくる」

ジャンがあくびをすると胸が持ち上がった。茶色がかった金の、面白い色——小麦色に泥を混ぜたみたいな色だった。

「ついでにウィスキーの小瓶も買ってきて」

おれは服を着て丘を下り、三番通りに向かった。丘のふもとにドラッグストアがあり、その隣はバーだった。太陽はくたびれていて、車は何台か東へ、何台か西へ向かっていた。もし全員が同じ方向に走ったらすべての問題は解決するはずだ、とふとおれは思った。

おれは新聞を買った。その場で立ったまま、ざっと目を通した。ロス・アラミトスでの殺人なんて載ってなかった。当然だ、だってオレンジ郡で起こったんだから。たぶんロサンゼルス郡では、地元で起こった殺人しか報道されないんだろう。

おれは酒屋でグランダッドの二分の一パイント瓶を買い、また丘を登った。新聞を折り畳んで脇の下に挟み、アパートのドアを開けた。二分の一パイントの瓶をジャンに投げつけた。「水割り、氷も入れて、うまいの二人分作ってくれ。狂ってたのはおれのほうだ」

ジャンは飲み物を作りに台所へ行き、おれは坐って新聞を広げ、ロス・アラミトスのレース結果を見た。五レース目の結果を読んだ。四・五倍のスリーアイド・ピートが、二番人気に鼻の差で負けていた。

ジャンが酒を運んでくると、おれは一気に飲み干した。

「車はおまえにやる」おれは言った。「それから、残りの金の半分も」

「他に女ができたのね。そうでしょ?」

「そうじゃない」

おれは有り金を集めて、台所のテーブルに広げた。三一二ドルと小銭が少し。おれはジャンに車のキーと一五〇ドルをやった。

「ミツィーでしょ?」

「違う」

「もうあたしのこと、愛してないのね」

「やめろって」

「あたしとセックスするの、飽きた?」

「グレイハウンドの発着所まで送ってくれ」

ジャンはトイレに入って、出かける支度をはじめた。泣いていた。「あたしたち、終わったのね。出会ったころの気持ちなんか消えてしまって」

おれは自分のぶんをもう一杯作り、何も答えなかった。ジャンはトイレから出てきておれを見た。「ハンク、行かないで」

「ダメだ」

ジャンはもう一度トイレに入り、もうなにも言わなかった。おれはスーツケースを取り出して、少ししかない自分の持物を詰めだした。時計も入れた。ジャンには時計は要らない。

ジャンはおれを、グレイハウンドの発着所で降ろした。スーツケースを出したとたん、ジャンはあっさり行ってしまった。おれはなかに入って、切符を買った。それから、背の硬いベンチに他の乗客と坐った。みんなそこに坐って互いにチラチラ見たりしていたが、目が合うことはなかった。ガムを嚙み、コーヒーを飲んで、トイレに行き小便をして眠った。みんな硬いベンチに坐り、吸いたくもないタバコを吸っていた。お互いの顔を見たが、どれも気に食わなかった。カウンターや陳列棚に並んでるものを見た。ポテトチップス、雑誌、ピーナツ、ベストセラーの本、チューインガム、口臭消し、カンゾウのドロップ、おもちゃの笛。

53

マイアミは、おれが国外へ出ずに行けるいちばん遠い場所だった。ヘンリー・ミラーを持ってきていて、バスに乗ってるあいだずっと読もうとした。ミラーはいいときはいいし、悪いときは悪い。おれは一パイントの瓶を持っていた。それからもう一本買い、さらにもう一本買った。旅は四日と五晩続いた。大学に通うお金を親がもう出してくれないのという、黒い髪の女の子の膝や腿に触れた以外、これといった出来事もなかった。その子は真夜中に、とびきりわびしく寒い場所でバスを降りて消えた。おれは昔から不眠症で、バスのなかで眠れるのは、ぐでんぐでんに酔ったときだけだった。でもそこまでやる気はなかった。着いた時は五日も眠らず、糞もしてなくて、ほとんど歩けなかった。夕方早い時間だった。久しぶりに道を歩くのはいい気持ちだった。

貸室あり。おれは歩いていって、呼鈴を鳴らした。こんなときには、汚いスーツケースは相手から見えない場所に隠しておくものだ。

「部屋を探してるんです。いくらですか?」

「週六ドル五〇セント」

「見てもいいですか?」

「もちろん」

おれはなかに入り、彼女について階段を上がった。四十五歳ぐらいだったが、揺れる尻はステキだった。今までたくさんの女のうしろから、こんなふうに階段を上ったが、そのたびにおれは思った。もしこんないい女が、おれの世話をしたい、うまくてあったかい食事を食べさせてあげたい、きれいな靴下とパンツを、さあ着てと出してあげたい、なんて申し出てくれたら、喜んでお受けするのにって。

　彼女はドアを開け、おれはなかを見た。

「いいですね」おれは言った。「いいみたいです」

「あなた、働いてるの」

「自営業です」

「なにをやってらっしゃるの？」

「作家です」

「まあ、本を書いてるの？」

「いえ、長篇はまだ。雑誌にいくつか短篇が載ったくらいです。たいしたもんじゃないけど、まあ、だんだんと進歩はしてます」

「わかったわ。鍵と領収書をあげるから」

　おれは彼女のうしろについて階段を下りた。下りるときの尻の揺れは、上がるときほどよくなかった。うなじを見て、耳のうしろにキスする場面を想像した。

「わたしはミセス・アダムズ」彼女は言った。「あなたは？」

「ヘンリー・チナスキー」

　彼女が領収書を書いているとき、左手のドアの向こうからノコギリみたいな音が聞こえてきた――息を吸おうとあえぐときだけ、そのギーギーという音は途切れた。どの息もこれで最後という感じだったが、そのうちにまた、次の息が苦しげに続いた。

「夫が病気なの」アダムズさんはおれに領収書と鍵を渡しながら、そう言ってほほえんだ。彼女の目はきれいな薄茶色で、キラキラ光っていた。おれはまた階段を上った。

部屋に入ったとき、おれはスーツケースを下に置いてきたことに気づいた。取りに下りた。アダムズさんの部屋の前を通りかかると、ぜいぜいいう音はさらに大きくなった。おれはスーツケースを持って上がり、ベッドの上に投げ出して、それからまた下におりると夜の街へ出た。少し北へ行くと大通りがあった。食料品店に入って、ピーナツバターとパンを一斤買った。折畳み式のナイフを持ってるから、それでパンにピーナツバターを塗って食えるだろう。

おれは下宿に戻り、廊下に立ってアダムズ氏の声を聞きながら、これが死だと思った。それから、自分の部屋に上がってピーナツバターの瓶を開け、階下の死の音を聞きながら指を突っ込んだ。指からそのまま食べた。うまかった。そしてパンの包みを開けた。緑色にカビていて、鼻をつく酸っぱい臭いがした。どうしてこんなパン売ってるんだ？　フロリダってどんなところなんだ？　おれはパンを床に投げ捨て、服を脱いで電気を消してから布団を引っぱり上げ、暗闇のなかで耳を澄ましていた。

54

朝起きるととても静かで、おれは思った。よかった、奴さん、きっと病院か遺体安置所に連れてかれたんだ。これでおれも糞ができるはずだ。おれは服を着て廊下を通り、トイレに行った。案の定、糞は出た。それから自分の部屋へ戻ってベッドに入り、もう少し眠った。

ドアのノックで目が覚めた。考えるまもなく身を起こして叫んだ。「どうぞ！」全身緑の女が立っていた。胸元が大きく開いたブラウスに、ぴっちりしたスカートをはいている。まるで映画スターみたいだ。彼女はただそこに立って、しばらくおれを見ていた。おれのほうは、ベッドの上に起き上がったまま、パンツいっちょで、体を毛布で隠していた。チナスキー、偉大なる色男。もしおれが一丁前の男だったら、彼女をレイプしてやるだろう。彼女のパンティを熱く燃やしてやるだろう。彼女は世界中おれを追いかけ回すだろう。おれから届いた淡い赤の薄紙のラブレターに涙を流すことだろうと思った。体とは違って、彼女の目鼻だちははっきりしなかった。ただぼんやりとした丸顔で、目はおれの目を探っているようだった。少し乱れた髪に、とかした跡はなかった。三十代半ばだ。でも彼女はなにかに興奮していた。「アダムズさんのご主人、昨日の晩、亡くなったの」彼女は言った。「えっ」おれは言いながら、あの音が止まって彼女もほっとしてるのかな、と思った。

「だからあたしたち、お葬式に出すお花のお金を集めてるの」

「死んだやつに花なんかやってもしょうがないだろう」おれは口ごもり気味に言った。

彼女は一瞬ためらった。「花をあげるのはいいことだと思うけど。で、お金出してくれるの？」

「そりゃ出したいんだけど、マイアミに着いたばかりで文なしなんだよ」

「お金がないの？」

「仕事を探してる。だからまあ、そうとう困ってるってことだ。最後の一〇セントでピーナツバターとパンを一個買った。パンは緑色で、あんたの服よりもっと緑だったよ。床に捨てたのに鼠一匹寄りつかない」

「鼠？」

「あんたの部屋にいるかどうかは知らないけど」

「でも、昨日の夕方アダムズさんとお話したとき、あたし、今度部屋借りたのどんな人って聞いたの。ここでは家族みたいになんでも話すのよ。そしたらアダムズさん、あなたは作家だって、『エスクワイヤ』や『アトランティック・マンスリー』みたいな雑誌に書いてる人だって言ってたけど」

「いやあ、そんな、書けるわけないよ。言葉の綾っていうかさ、そう言ったほうが大家さんが安心するだろ。とにかく欲しいのは仕事なんだ。どんな仕事でもいいから」

「二五セント払えないの、二五セントなんて、どうってことないじゃない」

「ねえ、二五セントなら、死んだアダムズさんより、生きてるおれにくれよ」

「あなた、死んだ人になんてこと言うの」

「だいたい、死んだやつより生きてる人間に優しくしてほしいね。おれは孤独で希望もなくて、おまけにあんたは緑の服着て、すっごくきれいなんだぜ」

彼女は回れ右をして部屋から出て行き、廊下を歩いて自分の部屋のドアを開け、なかに入ってドアを閉めた。そしておれは、二度と彼女の姿を見ることはなかった。

55

フロリダ州の職安は気分のいいところだった。いつも混み合ってるロサンゼルスの事務所とは違って、すいていた。おれにも少しくらい運が向いてきていいころだ。すごくよくなくてもいいから、少しだけ。確かに、おれには大いなる野心なんてものはないが、そんな人間にだって居場所があってもいいはずだ。いつも通りの貧乏クジじゃなくて。大体、どうやって楽しめってんだ？　目覚しで六時半に起きてベッドから飛び出し、服を着て、無理やり朝めしを詰め込んで、糞して小便(しょんべん)して歯を磨いて頭をとかし、職場に飛んでく。そこでは要するに、他の誰かのために金を儲けるばっかりで、それでも働かせてもらって感謝しろ、なんて言われるんだぜ。

おれの名が呼ばれた。職員が目の前にカードを置いていた。入るときおれが書いたやつだ。おれは職歴を念入りに仕上げておいた。プロならそうするものだ。これまでやった、程度の低い仕事は省き、ましなやつだけびっしり書き込む。そして、六か月間アル中だったとか、精神病院から出たばかりの女だの、悪い亭主と別れたばかりの女と同棲しててなにもしてなかった時期には一切触れない。もちろん、おれのやってきた仕事はすべてレベル以下だったから、低いなかでもより低いやつを省いただけだ。

職員は指でファイル・カードをめくって、一枚取り出した。

「君に向いた仕事はこれだ」

「はい？」

「公衆衛生労働者」

「なにそれ？」

「ゴミの収集人だよ」

「やだよ、そんなの」

おれは考えただけでゾッとした。山のようなゴミ。朝の二日酔い。黒人たちがおれを見て笑ってる。ゴミバケツはめちゃくちゃ重くて、おれはオレンジの皮やコーヒーのカス、ぬれたタバコの灰、バナナの皮、使用済みのタンポンのなかに吐いてしまう。

「なにが不満なんだ？　そんな仕事はイヤだっていうのか？　週四十時間。保障もある。生涯にわたる保障だよ」

沈黙。

「じゃあ、あんたがやればいい。今の仕事はおれがかわるから」

「私はこの仕事のためにちゃんと訓練を受けたんだ」

「あんたが？　おれは二年間大学に通ったんだけど、ゴミ収集には不足かな？」

「おい、いったいどんな仕事がしたいんだ？」

「いいからカードめくってろ」

彼はカードをめくった。それから顔を上げた。「何もないよ」初めて来たとき渡された小さな冊子に彼はスタンプを押して、おれに返した。

「求職状況を見に、七日以内にまた来い」

56

新聞で仕事を見つけた。洋服屋に雇われたのだが、その店はマイアミではなくマイアミビーチにあった。だから、毎日二日酔いの頭を抱えて、海を越えなくちゃならなかった。バスは海に突き出た、ものすごく狭いセメント道を走った。ガードレールもなにもなくて、ただ道路だけ。運転手は座席に背をもたせかけていて、バスは海に囲まれた狭いセメント道を轟音を立てて進んだ。バスに乗った二十五人だか四十人だか五十二人だかの乗客は、運転手を信頼していた。だがおれは決して信じなかった。たまに運転手が新顔だったりすると、おれは思った。いったいやつらはどうやってこのバカを選んだんだ？　おれたちの両側は深い海で、運転手のほんの一瞬の判断ミスでもおれたちは死ぬ。バカげてる。例えばやつが朝、夫婦喧嘩したとしたらどうだ？　癌だったら？　神の姿を見たりしたら？　歯が痛くなったら？　なんだってあり得る。そしたらやつはやってしまう。おれたちを乗せたまま海に突っ込むんだ。おれにはわかってる。もし**おれが**運転手だったら全員溺れさせちまうかもしれないとか、ひょっとして溺れさせたほうがいいかなとか、ずっと考え続けるだろう。そして、そんなふうに考え抜いたあと、ただの可能性は現実に変わる。ジャンヌ・ダルクの乗ったシーソーの反対側にはヒトラーが坐ってる。善と悪との昔ながらの物語だ。しかし、運転手の誰も、おれたちを乗せたまま海に突っ込みはしなかった。やつらはそのかわり、車のローンや野球のスコア、髪型や休暇、浣腸やら家族旅行やらのことを考えていた。人数ばかり多くても、本物の人間なんていやしない。おれはいつも吐きそうになりながら、それでも無事に職場に着いた。

以上、ショスタコーヴィッチよりシューマンのほうが無難であることが証明された、ってなもんだ……。

おれは、やつらの言うよぶんなボールベアリングとして雇われた。よぶんなボールベアリングってのは、とくにはっきりした職務に縛られることもなく、ただぐるぐる回されるっていう人間のことだ。古代から続く本能の深い井戸を覗き込んだ彼は、自分がなにをすべきかを知ってる、ということになってる。彼は直観的に**見抜いて**ることになってる。どうしたら物事がいちばんとどこおりなく進むのか、社員全部の母親である会社を、どうしたら最良の状態で維持できるのか、会社の絶え間ない些細でバカげた要求に応えることができるかを。

いいボールベアリングってのは、顔も性別もなくて、ただ献身的な人間だ。鍵を持った社員が出社したとき、いつも入口で待ってる。それから、さっさと歩道に水をまき、来た人全員にその人の名を呼んで挨拶する。明るい笑みを絶やさず、人が安心する態度を崩さない。うやうやしく。こうしてみんなは、ひどく辛い単調な仕事の前に、少しだけいい気分になれるのだ。よぶんなボールベアリングは確認する。トイレ、とりわけ女性用に紙がたっぷりあるかどうか。屑籠はあふれていないか。窓は汚れていないか。机や椅子は細かいところまで修理されてるか。ドアは軽く開くか。時計は合ってるか。敷物はめくれていないか。でっぷりとした頑丈そうなご婦人が小さな包みを自分で運ばなくちゃならない、なんてことにはなってないか。

おれはそんなに熱心じゃなかった。おれとしては、上司や上司にチクるやつの目を避けてなにもせず、ただ歩き回っているつもりだった。おれはそんなに利口じゃない。とにかく、直観に頼ってるだけだ。いつもどうせすぐ辞めるか、それともクビになるだろうと思いつつ働きはじめたから、自然にリラックスした態度になって、それが知性とか、なにやら秘密の力みたいに誤解されたのだ。

そこは完全に自給自足、なんでも揃った洋品店で、製造から小売りまで手がけていた。ショールームがあって販売員のいる一階には完成品が置かれていて、工場は上にあった。工場のなかは狭い通路で迷路になってて、鼠も這い回れないくらいだった。細長く狭い屋根裏に、男たちや女たちが三〇ワットの電球の下、坐ったままで働いている。目を細くしてペダルを踏み、糸を通し、目も上げず口もきかず、ひっそりかがんで仕事をしていた。

あるときおれはニューヨークで、こんな屋根裏部屋へ織物を何反も運ぶ仕事をしてたことがある。にぎやかな通りを手押し車をころがして往来の人込みを抜け、汚い建物の裏手の路地に入るのだ。そこには暗いエレベーターがあって、おれはロープを引っぱらなきゃならなかった。その端には木でできた汚い丸い糸巻がついていた。ロープの一本を引っぱると上がり、もう一本を引っぱると下がる。明かりなんかなかったから、ゆっくりとエレベーターが昇るあいだ、おれは暗闇のなかで、塗装してない壁に書かれた白い数字を見ていた——知らないやつがなぐり書きした、チョークの3、7、9の文字。自分の階に着くと、指でもう一本のロープを引き寄せ、全身の力を込めて重く古い金属扉を横にすべらせる。すると、年老いたユダヤ人女がミシンの前に何列も坐り、賃仕事に精を出す姿が現われる。いちばん働くお針子は一番ミシンの前でかがみ込み、トップの座を維持しようと頑張っている。二番目のお針子は二番目のミシンの前に坐り、隙あらば一番の座を奪おうと狙っている。おれが入っても誰も目も上げず、気づきもしなかった。

で、こっちのマイアミビーチの衣服工場兼販売店では、配達は必要じゃなかった。ぜんぶ手近にあったからだ。仕事の初日、おれは屋根裏の迷路を歩き、働いているやつらを見て回った。ニューヨークと違って、やつらの大部分は黒人だった。おれは黒人の男の一人に近づいた。とても小さな男で——ほとんど小人で——たいていのやつよりいい感じの顔をしていた。すごく細かい針仕事をしている最中だった。おれはポケットに半パイント瓶を入れていた。「あんた、一杯どう？ つまらん仕事してるね」

「いいねえ」彼は言い、グッと一口飲んだ。そしてボトルを返し、おれにタバコを勧めた。「この街には来たばっかりかい？」「ああ」「どっから来た？」「ロサンゼルス」「映画俳優かい?」「ああ、休暇中なんだ」「働いてるやつに話しかけるんじゃないぞ」「わかってる」男は黙りこんだ。小さい猿みたいだった。年老いた優雅な猿だ。事実、下の階の連中にとって、この男は**猿そのもの**だ。おれはグッと一口飲んだ。いい気分だった。全員が三〇ワットの電球の下で静かに働いてる。おれはみんなの手が繊細に素早く動くのを見てた。「おれはヘンリー」おれは言った。「ブラッドだ」男は答えた。「なあ、ブラッド、あんたらが働くのを見ていると、すごくディープなブルースを感じるんだ。みんなのためにちょっと歌ってもいいかな?」「やめとけって」「あんた、なんでこんなつまんない仕事してるの?」「うるせえな。他にどうしろっていうんだ」「神は他の道もあるって言ってるぜ」「おまえ、神を信じてるのか?」「いいや」「じゃあなにを信じるんだ?」「なにも」「お互いさまだな」

おれは何人か他の連中にも話しかけた。男たちは返事もしなかった。女のなかには笑ってくれるのもいた。「おれ、スパイなんだ」おれも笑った。「会社のスパイさ。みんなを見張ってるんだぜ」

おれはもう一口飲んだ。それからおれの好きな曲『おれの心はさすらい人』をみんなに歌ってやった。みんな働き続けた。誰も顔を上げなかった。おれが歌い終わっても黙々と働いていた。しばらく静かになって、それから声が聞こえた。「なあ、白んぼの若造。おまえ邪魔なんだよ」

おれは表の歩道に水をまくことにした。

57

おれがそこでどれだけ働いたかはわからない。たぶん六週間くらいだったと思う。あるとき、受取り部門に回された。送られたズボンを発送時の伝票と照合するのだ。たいていは他の州の支店からの返品だった。伝票が間違ってることは絶対になかった。たぶん発送係はクビになるのが怖くて、おちおち手抜きもできないんだろう。おそらく、三十六回払いの車のローンは七回目、女房は月曜日の夜、焼き物を習い、借金の利子はべらぼうで、おまけに五人の子供はみな日に一リットルずつ牛乳を飲むってなところだ。

ところで、おれは服にかまうような男じゃない。服なんて退屈だ。どうしようもなくひどい、ただの詐欺だ。ビタミン、星占い、ピザ、スケートリンク、ポップミュージック、ヘビー級タイトルマッチ、その他もろもろと同じだ。送られてきたズボンを坐って数えるふりをしていると、おれは凄いものに出食わした。電気を帯びた布地がおれの指にくっついて離れないのだ。やっと面白いものが見つかった。おれは布地に触ってみた。見た目も触った感じと同じくらい不思議だった。

おれは立ち上がり、ズボンを持ってトイレに行く。なかに入ってドアに鍵をかけた。

おれはそれまで、ものを盗んだことなんてなかった。

ズボンを脱いで、トイレの水を流した。そして魔法のズボンをはいた。裾を膝のところまでまくり上げ、また自分のズボンをはいた。

もう一度トイレの水を流した。

それから外へ出た。みんながおれのことをじっと見ているような気がした。仕事が終わる一時間半前だった。主任がドアの脇のカウンターに坐っていた。主任はおれをじっと見た。「あの、シルバスタインさん、ちょっと用事があるんで早退させてください。そのぶんは給料から引いといてくださいね……」

58

部屋に着くと、おれは自分の古ズボンを脱いだ。たくし上げた魔法のズボンの裾を下ろし、きれいなシャツを着て靴を磨き、新しいズボンで再び街に出た。鮮やかな茶色で、縦に玉縁(パイピング)がついている。

ズボンの生地は光っていた。おれは街角に立ってタバコに火をつけた。タクシーが近づいてきた。運転手が窓から顔を出した。「タクシー、お乗りになります?」「いや、どうも」おれは言い、マッチを側溝に投げて道を渡った。

おれは十五分か二十分歩き回った。三、四台のタクシーが乗るかと訊いてきた。それからポートワインを一瓶買って部屋に戻った。服を脱いでハンガーに掛け、ベッドに入った。ワインを飲みながら、マイアミの衣料品工場で働く貧乏な工員についての短篇を書いた。貧しい工員はある日、昼食時間に浜辺で金持ちの娘と出会う。工員は貧しいが、金持ちとつき合う資格のある男だ。娘は自分が彼にふさわしいことを示そうと懸命につくす……。

翌朝職場に着くと、シルバスタインさんがドア脇のカウンターのところに立って、手に小切手を持っていた。おれのほうにその手を差し出した。おれは前に出て小切手を受け取り、再び街へ出て行った。

59

ロサンゼルスに着くまで、バスで四日と五晩かかった。例によって眠れもしなければ、糞もできなかった。ルイジアナのどこかで大柄なブロンドが乗ってきたとき、ちょっとした騒ぎになった。夜になると彼女は一回二ドルで商売を始め、男全員と一人の女が、気前のよい女の世話になった。なにもしなかったのは、おれと運転手だけだった。商いは夜、バスの後部座席で行なわれた。彼女はベラという名前だった。紫の口紅をつけて、よく笑った。五分停車のとき、ベラはコーヒーとサンドイッチの店でおれに近づいてきた。おれのうしろに立ってベラは尋ねた。「どうしたんだい。あたしじゃ不満なのかい？」おれは答えなかった。「おかま」他の男の隣に腰を下ろしながら、吐き捨てるように彼女が言うのをおれは聞いた……。

ロサンゼルスでおれはジャンを探し、昔の近所のバーを見て回った。「ピンクのラバ」のカウンターで働くホワイティ・ジャクソンを見つけ出すまで、なんの手がかりもなかった。ホワイティはジャンが、ビバリーとバーモントの角のダラム・ホテルで働いてると教えてくれた。おれはそのままホテルまで歩いた。支配人のオフィスを探していると、ジャンが部屋からひょっこり出てきた。元気そうだった。おれから離れていたのが良かったようだ。ジャンはおれを見た。目がすごく青く、丸くなり、その場に立ちつくした。それからジャンは言った。「ハンク！」駆け寄ってきて、おれたちは抱き合った。ジャンは荒々しくおれにキスをし、おれもキスを返そうとした。「信じられない」ジャンは言った。「もう会えないかと思ってた！」「戻ってきたよ」「もうどこにも行かない？」「おれの街はロサンゼルスだ」「うしろに下がって」ジャンは言った。「あんたをちゃんと見たいの」おれはニヤッと笑ってうしろへ下がった。「痩せたわね。体重減ったんじゃない？」ジャンは言った。「おまえも元気そうじゃないか」おれは言った。「一人かい？」

「ええ」「誰も？」「誰もいないわ。知ってるでしょ。あたし、他の男とは続かないって」「ちゃんと働いてるみたいで嬉しいよ」「部屋に来なさいよ」ジャンは言った。

おれはジャンのあとについて行く。部屋はすごく狭かったが、いい感じだった。窓から往来の車や点滅する信号、街角に立つ新聞売りの少年の姿が見えた。気に入った。ジャンはベッドに身を投げ出した。「こっちへ来て横になって」ジャンは言った。「ちょっと恥ずかしいなあ」「好きよ、バカねえ」ジャンは言った。「あたしたち、今まで八百回もしたじゃない。緊張することないでしょ」おれは靴を脱いで横になった。ジャンは片脚を上げた。「あたしの脚、まだ好き？」「もちろんさ。なあ、ジャン、仕事は終わったのかい？」「クラークさんの部屋以外はね。それに、彼はたいして気にしないの。チップも置いといてくれるし」「えっ？」「あたし、別になにもしてないわよ。ただクラークさんが置いてるだけ」「なあ、ジャン……」「なに？」「バス代で、金、ぜんぶ使っちまったんだ。仕事が見つかるまで、いてもいいかな？」「ここに隠してあげる」「ほんとに？」「もちろんよ」「愛してるぜ、ベイビー」おれは言った。「しょうがない人ね」ジャンが言った。おれたちはやり始めた。気持ちよかった。すっごくすっごく気持ちよかった。

ことが終わると、ジャンは起き上がってワインを開けた。おれはタバコの最後の一箱を開けた。おれたちはベッドに坐り、酒を飲みながらタバコを吸った。「あんた、まるごとそこにいるのね」「どういう意味？」「だからさ、あんたみたいな人、会ったことないわよ」「そう?」「他の人は一〇パーセントか二〇パーセントしかいないの。あんたはまるごと、**全部のあんたが**そこにいるの。大きな違いよ」「そうなのかなあ、わかんないよ」「あんた女殺しよ、いくらでもものにできるわ」こうまで言われるといい気分だった。タバコを吸い終えると、またセックスした。それから、ジャンにもう一本買ってきてと言われて外へ出た。おれは戻ってきた。戻ってくるしかなかった。

60

おれはすぐ、蛍光灯の取付器具会社に雇われた。会社は街の北のほう、アラメダ通りに面した倉庫だらけの場所にあった。おれは発送係だった。すごく楽な仕事で、針金でできた籠から注文書を取り出し、それに応じて箱に取付器具を詰め、一つ一つにラベルを貼って番号を書き、発送口の台にその箱を積み重ねる。重さを測って運送料を計算したらトラック会社に電話して、取りに来させるのだった。

仕事を始めて第一日目の午後、おれのうしろのほう、ちょうど組立てラインのあたりでドーンという大きな音がした。完成した品物をしまっておく木の古棚が壁から外れて、すさまじい勢いで床に倒れたのだ——金属やガラスがセメントの床に当たって壊れ、ものすごい音を立てた。組立てラインで働く連中は建物の反対側まで逃げた。静かになった。主任のマニー・フェルドマンが事務所から出てきた。

「一体全体、何事だ！」

誰も答えなかった。

「よし、組立てラインを止めろ！　みんなトンカチと釘を持って、あのクソボロ棚を、壁に打ちつけるんだ！」

フェルドマンは事務所へ戻った。おれも仕方なく手伝った。大工仕事をしたことのあるやつなんて一人もいなかった。午後いっぱいと次の日の朝までかかって棚を釘で留めた。終わるとフェルドマンが事務所から出てきた。

「おっ、終わったか？　よし、じゃあ聞け——九三九番は上に乗せろ、八二〇番が次、羽根板とガラスは下の棚だ。わかったな？　みんなわかったな？」

答えはなかった。九三九番はいちばん重い取付器具で——ほんとにおそろしく重い——それをフェルドマンは上に乗せろと言うのだ。主任は彼だ。おれたちは作業にかかった。重い九三九番を上に乗せ、下に軽いものを入れた。そして、おれたちは仕事に戻った。その日の夜まで棚はもった。朝になって、軋む音が聞こえ始めた。棚が外れだしたのだ。組立てラインで働く連中は、そろそろと離れ始めた。みんなニヤニヤしていた。朝のコーヒーブレイクの十分くらい前に、また全部倒れた。フェルドマン氏が事務所から飛び出してきた。

「一体全体、何事だ！」

61

フェルドマンは保険金を受け取ったうえで破産しようとしていた。次の朝、いかにも偉そうな風采の男がバンク・オブ・アメリカからやって来た。彼はおれたちに、もう棚は作るなと言った。「そんなガラクタ、床に重ねとけ」それが男の口のきき方だった。彼の名はジェニングズ、カーティス・ジェニングズだった。フェルドマンはバンク・オブ・アメリカから多額の借金をしていて、銀行は会社がつぶれる前に金を回収したいのだ。ジェニングズが経営の指揮を執ることになった。彼はあちこちうろうろして、みんなを見張り、フェルドマンの帳簿に目を通した。鍵や窓、駐車場の周りの安全フェンスの確認をした。おれのところにもやって来た。「シバーリング・トラック便はもう使うな。あんたらが出した貨物一つ運ぶあいだに、アリゾナからニューメキシコまでで四回も盗みにあったんだぞ。あいつらを使う、なにか特別の理由でもあるのか？」「いえ、別に」シバーリングの営業は、おれが貨物五〇〇ポンド出すごとに、こっそり一〇セントくれていた。

三日のうちにフェルドマンは本部の人間を一人クビにし、組立てラインの男三人を、半分の給料で働くメキシコ人の女の子に入れ替えた。門番をクビにし、おれには発送だけでなく、会社のトラックで地元の配達もさせた。

初めて給料をもらうと、おれはジャンのところから自分のアパートへ移った。ある晩、帰ってみると、ジャンがころがり込んでいた。まあいいか、おれは言った。おれの場所はおまえの場所だもんな。まもなくおれたちは、これまでいちばん激しい喧嘩をした。ジャンは出て行き、おれは三日三晩酔い続けた。酔いから醒めたとき、とっくにクビになってることに気づいた。二度と会社には行かなかった。おれは部屋の掃除をすることにした。床に掃除機をかけ、窓の下枠を磨き、浴槽と洗面台をこすり、台所の床はワックスをかけ、クモやゴキブリを殺し、灰皿の中身を捨てて洗い、皿を洗い、台所の流しをこすり、きれいなタオルを掛け、新しいトイレットペーパーを備えつけた。どうやらおれはおかまになってきたぞ、と思った。

ジャンは結局帰ってくると――一週間後だ――女をここに連れ込んだと言っておれを責めた。なにもかも、すごくきれいだったからだ。ジャンはそのとき本当に頭にきたみたいなふりをしていたが、それは自分のやましさを隠すためだった。どうしてジャンと別れないのか、自分でもわからなかった。ジャンはいつも必ずおれを裏切るのだ――バーで会った誰とでも寝るし、そいつが下品で汚いほど喜ぶのだった。ジャンはおれとの口論を、自分を正当化するためにしょっちゅう利用していた。おれは自分に言いきかせた。世界中の女が淫売なわけじゃない、ただ、おれの女がそうなだけだ、と。

62

おれはタイムズ・ビルに入っていった。おれはロサンゼルス市大でジャーナリズムを二年間専攻していた。若い女性が机の向こうからおれを呼びとめた。「記者の募集はしてる?」おれは尋ねた。彼女はおれに印刷された紙を手渡した。「これに記入してください」どの街のどの新聞でもほとんど同じだった。有名か、コネがあるかで採用される。でも、おれは用紙を埋めた。いい印象を与えるように書いた。それから表へ出て、スプリング通りを歩いた。

暑い夏の日だった。汗が出て、体が痒くなってきた。股が痒かった。おれは掻きはじめた。耐えきれないほど痒くなった。掻きながら歩いた。おれは新聞記者にもなれない、作家にもなれない、いい女ともつき合えない。おれができることと言ったら、猿みたいに掻きながら歩くことだけだ。バンカー・ヒルに停めた車に急いだ。急いでアパートに戻った。ジャンはいなかった。トイレに入って服を脱いだ。

股ぐらに指を突っ込むと、なにかがいた。おれはそいつを引っぱり出した。手の平に乗せて見た。白くて小さい脚がたくさん生えていた。動いた。おれはすっかり見とれてしまった。突然そいつは飛び上がると、トイレの床のタイルに落ちた。おれは目を凝らした。すばやく一飛びでいなくなった。ひょっとすると、おれの陰毛のなかに戻ったのかもしれない！　吐き気がして、怒りがこみ上げた。その場に立って探し続けた。見つからなかった。胃がムカムカした。便器に吐いてから服を着た。

角の薬局まで、そんなに遠くなかった。年寄りの女と男がカウンターの向こうに立っていた。女が出てきた。「いや」おれは言った。「あっちの男に用があるんだ」「ふん」彼女は言った。

年寄りの男が出てきた。彼は薬剤師だった。いやにこざっぱりしていた。「おれは世の中の不正の犠牲者だ」おれは彼に言った。

「なんだって？」

「あのさ、薬あるかな……」

「なんの薬？」

「クモじゃなくて、ノミじゃなくて……蚊でもハエでもなくって……」

「なんの薬？」

「**毛ジラミの薬、ある？**」

年寄りはうんざりしたような顔でおれを見た。「ちょっと待って」彼は言った。カウンターの端の下からなにかを取り出した。戻ってくると、できるだけ近づかないようにしながら、おれに緑と黒の小さなボール紙の箱を手渡した。おれはおとなしく受け取った。彼に五ドル渡した。彼はお釣りを、おれから少し離れた場所に置いた。年寄りの女は、店の隅のほうへ後ずさっていた。おれは強盗にでもなったような気分だった。

「ちょっと待ってくれ」おれは年寄りの男に言った。

「今度はなに？」

「コンドームが欲しいんだけど」

「どれだけ」

「ああ、少し、一パックだけ」

「濡れたやつ、それとも、乾いたやつ？」

「なに？」

「濡れたやつ、それとも、乾いたやつ？」

「濡れたやつ」

年寄りの男は恐る恐るおれにコンドームを渡した。おれは金を払った。相手はまた、腕をいっぱいに伸ばしておれに釣りを渡した。おれは店を出た。道を歩きながら、コンドームを取り出して見た。それから溝に捨てた。

アパートに戻り、服を脱いで説明書を読んだ。毛ジラミのついた場所に軟膏を塗って、そのまま三十分待てと書いてあった。おれはラジオをつけ、交響曲に合わせてチューブから軟膏を絞り出した。緑色だった。じっくり塗った。それからベッドに寝そべって時計を見た。三十分経った。くそ、あの毛ジラミ野郎、一時間はこうしててやる。四十五分経つと、ヒリヒリしてきた。おれはベッドの上を転がり、拳を握りしめた。どんどんヒリヒリしてきた。あいつら皆殺しだ、とおれは思った。ベートーヴェンを聴いた。ブラームスを聴いた。おれは頑張った。なんとか一時間耐えた。風呂桶に水を溜めて飛び込み、軟膏を落とした。風呂から出てきたとき、おれはもう歩けなかった。腿の内側もキンタマも腹も爛(ただ)れていた。おれは明るく燃える赤だった。まるでオランウータンだ。ゆっくりゆっくりベッドへ歩いて行った。でも、おれは毛ジラミを殺したのだ。風呂桶の排水口からやつらが流れて行くのを見た。

ジャンが帰って来たとき、おれはベッドの上で身悶えしていた。ジャンは立っておれを見ていた。「どうしたの？」おれは転がりながら罵った。「このクソ浮気女め！　見ろ、**おまえのせいだぞ！**」

おれは跳ね上がった。ジャンに腿の内側や腹やキンタマを見せた。キンタマは真っ赤に爛れてぶら下がっていた。チンポは赤く燃え上がっていた。

「うわあ！　なんなのそれ？」

「わかんないのか？　わかんないのか？　おれはおまえとしかセックスしてないんだぞ。おまえがうつしたんだろ！　**病気なのはおまえじゃないか**。この、病気持ちの**ふしだら**

女め！」

「だからなんなのよ？」

「毛ジラミだ、毛ジラミ。おまえがおれに**毛ジラミ**をうつしたんだよ！」

「そんなことないわ、私、毛ジラミなんていないもの。きっとジェラルディーンじゃない」

「何だって？」

「わたし、ジェラルディーンのところに泊まったんだけど、きっとそこの便器に坐ったときにうつったんだわ」

おれはベッドにドッと倒れ込んだ。「ふざけんなよ、そんな寝言、誰が信じるかってんだ！　なんか酒買ってこい！　酒が全然ないんだよ！」

「お金がないわ」

「おれの財布から抜いてけ。どうせ、おまえそういうの得意だろうが。急げ！　酒だ！おれはもう死にそうなんだ！」

ジャンは出て行った。階段を駆け降りる音が聞こえた。ラジオからはマーラーが流れていた。

63

次の日起きると、気分が悪かった。布団をきちんとかぶって眠るなんてほとんど不可能だった。でも、離れたところは少し良くなっていた。起き上がって吐き、鏡で顔を見た。やられたって感じだった。もともとおれに勝ち目なんてなかったのだ。

おれはまたベッドに横になった。ジャンはいびきをかいていた。決して大きないびきではなかったけど、しつこかった。子豚のいびきってのが、ちょうどこんなかなと思った。ほとんど、ブウブウって感じ。おれはいったいどんなやつといっしょに住んでるんだろうと思い、ジャンを見た。小ぶりの獅子鼻で、ブロンドの髪は白髪がまじるにつれて、本人が言うところの「鼠みたい」な色に変わりつつあった。顔の皮膚には張りがなく、頬や喉の下に肉が垂れていた。ジャンはおれより十歳上だった。ぱっちりメイクして、タイトスカートにハイヒールをきめたときしか素敵には見えなかった。尻はまだ脚と同じくらいきれいにしまっていて、ジャンは歩くたびにその尻を、誘うように左右にくねらせた。今こうして見てみると、ジャンはそんなに良くは見えなかった。少し横を向いて寝てたから、太鼓腹が覗いていた。でも、ジャンとのセックスは最高だった。こんないいセックスはしたことなかった。ジャンはやり方からして違ってた。セックスが本当にわかってるっていう感じだった。腕でおれをしっかりと抱き、オマンコはおれを強く締めつけた。セックスなんて、普通は大したことはない。たいていは仕事みたいなものだ。ぬかるんだ急な丘を登ろうとするみたいな。でも、ジャンは違った。

電話が鳴った。どうにか起き上がって出るまでに何度か鳴った。

「チナスキーさんですか？」

「そうですが」

「タイムズ・ビルです」

「はい？」

「書類審査の結果、あなたは採用になりました」

「新聞記者ですか？」

「いいえ、保全と管理の仕事です」

「わかりました」

「夜九時に南口の管理人室まで来てください」

「オーケー」

おれは電話を切った。電話の音で、ジャンが目を覚ました。

「誰だったの？」

「仕事が決まったのに歩けやしない。今夜行かなくちゃならないのに、どうしたらいいんだ」

　おれは尻がヒリつく亀みたいにベッドまで歩くと、そこに倒れ込んだ。

「なんとかなるわよ」

「服も着られないんだぜ。どうにもならないよ」

　おれたちは寝そべって、天井を眺めていた。ジャンが起き上がり、トイレへ行った。戻ってくるとジャンは言った。「わかったわ！」

「何だよ？」

「包帯巻けばいいのよ」

「うまくいくかな？」

「もちろん」

　ジャンは服を着て買物に出かけた。ガーゼの包帯と絆創膏と、マスカットの白ワインのボトルを買って帰ってきた。氷を出して酒を二人分作り、どっかからハサミを出してきた。「さあ、行くわよ」

「おい待てよ。九時までに行けばいいんだぜ。夜勤なんだから」

「でも、練習しなくちゃ。さあ、来て」

「わかったよ。やれやれ」

「どっちか膝を立てて」

「よし。気をつけてやってくれよ」

「さあ、ぐるぐる巻くわよ。メリーゴーラウンドみたいに」

「おまえ、自分がどれだけ変わってるか、人に言われたことあるか？」

「ないけど」

「だろうね」

「よし、テープでくっつけるわよ。もうちょっとかな。いいわ。さあ、愛してるから、今度は反対側を立てて」

「べつに、愛してるとかはこの際、関係ないだろ」

「ぐるぐるぐる。デカくて太い脚ね」

「おまえのケツだってデカくて太いぜ」

「さあさあさあ、お利口さんだから。もうちょっとテープをつけて、と。もう少しね。うわあ、バッチリじゃない！」

「ひどいもんだよ」

「今度はタマタマよ。赤いおっきなタマタマちゃん。赤鼻のトナカイさんね！」

「待てよ！　おれのキンタマをどうする気だ？」

「包むのよ」

「それってやばくないか。タップダンスだってしにくいだろうし」

「たいしたことないと思うけど」

「だって取れちゃうだろ」

「蚕の繭みたいにキッチリ包むから」

「その前にもう一杯」

おれが体を起こして飲んでるあいだに、ジャンは包み始めた。

「ぐるぐるぐる。可哀そうなちっちゃいタマタマちゃん。可哀そうなおっきいタマタマちゃん。いったいなにされたの？　ぐるぐるぐるでできた上がり、さあ、テープで留めて。もう少し。もうちょっと」

「キンタマをケツの穴にくっつけるんじゃないぞ」

「なに言ってんのよ！　そんなことするわけないでしょ！　愛してるんだから！」

「ならいいけど」

「さあ、立って歩いて。歩いてみてよ」

おれは立ち上がり、ゆっくりと部屋を歩き回った。「おい、いいぞ！　なんか、宦官になったみたいな感じだけど、大丈夫だ！」

「たぶん宦官って、そうしてたんでしょうね」

「きっとね」

「半熟卵、二個ぐらいどう？」

「いいね。これでまた生きていけるよ」

ジャンは鍋に水を入れて、コンロの上に置き、卵を四つ落とした。おれたちは待った。

64

おれは夜九時にそこに着いた。管理責任者がタイムレコーダーの場所を教えてくれた。おれはタイムカードを押した。彼はおれに、ぼろ切れ三、四枚と大きな瓶を渡した。

「建物の周りを巡ってる真鍮の手摺りを磨いてくれ」おれは外に出て真鍮の手摺りを探した。あった。建物の周りを巡っていた。大きな建物だった。おれは手摺りに艶出し剤をつけ、ぼろ切れで拭き取った。あまりきれいになってる感じがしない。道行く人々がもの珍しそうにおれを見た。おれは今まで退屈でくだらない仕事をしてきたが、これはそのなかでもいちばん退屈でくだらない気がした。

おれはなにも考えないことに決めた。でも、どうやったら考えないですむのか？　どうしておれは、この手摺りを磨く役に選ばれたのか。どうしておれは建物の中で、地方政界の汚職について社説を書いたりできないのか？　でも、まだいいほうかもしれない。中国の田んぼで働くよりは。

おれは手摺りを六、七メートル磨き、角を曲った。すると、道の反対側にバーが見えた。おれはぼろ切れと瓶を持って道を渡り、バーに入った。バーテンダーしかいなかった。

「調子はどうだい？」彼は尋ねた。

「最高だよ。シュリッツを一本」

彼は一本出して開けると、おれの金を取り上げてレジに入れた。

「女の子たちはどこ？」おれは聞いた。

「どの女の子さ」

「わかってるだろう。女の子だよ」

「あいにく、ここは上品な店なんだ」

ドアが開いた。管理責任者のバーンズだった。「ねえ、ビールおごらせてくれないか？」おれは誘った。彼はこっちへ来て、おれのそばに立った。

「さっさと飲むんだ、チナスキー。もう一度だけチャンスをやるから」

おれはビールを飲み干して、彼のあとについて外へ出た。いっしょに道を渡った。彼は言った。

「おまえ、どうやら手摺り磨きには向いてないみたいだな。ついて来い」おれたちはタイムズ・ビルのなかへ入ってエレベーターに乗り、ある階で降りた。「さあ」彼は言い、机の上の長い段ボール箱を指差した。「あの箱に新しい蛍光灯が入れてある。切れたやつを外して取り替えろ。取付器具から外して、新しいのをつけるんだ。この梯子を使え」

「オーケー」おれは言った。

管理責任者が行ってしまうと、おれはまた一人になった。その階は一種の倉庫として使われていた。こんな高い天井は見たことがない。梯子を立てると、一〇メートル以上はあった。おれはいつだって高い所は苦手だった。新しい蛍光灯を持って、ゆっくりと梯子を登った。もう一度、なにも考えないぞと自分に言い聞かせねばならなかった。登っていった。蛍光灯は長さが一メートル半ばかりあった。簡単に壊れるし、扱いにくい。いちばん上に着いて、おれは下を見てしまった。大きな間違いだった。目まいがした。恐くなった。目の前は上のほうの階の窓だ。自分が梯子から落ちて窓を突き破り、宙を舞って地面に激突するさまを想像した。ちっぽけに見える自動車の流れが、夜の闇にヘッドライトを光らせ、下の通りを往来するのを見た。すごくゆっくり手を伸ばして、切れた蛍光灯を取り外し、新しいのと交換した。それから降りた。一歩降りるごとに、安堵の念が広がった。地面に着いたとき、もう二度とこの梯子には登らないぞと決心した。

机やテーブルに置いてあるものを読んで回った。ガラス張りのオフィスに入っていった。誰かへのメモがあった。「よし、この新顔のマンガ家を使ってみよう。でも、いいのを描かなきゃ即お払い箱だ。初回からずっといいのを描いてもらわなくちゃな、こっちは慈善事業してるんじゃないんだから」

ドアが開き、管理責任者のバーンズがいた。「チナスキー、おまえここでなにしてんだ？」

おれはオフィスから出てきた。「おれ、ジャーナリズムを専攻してたから、興味があるんです」

「これだけしかやってないのか？　蛍光灯一本替えただけか？」

「ねえ、どだい無理ですよ。おれ、高所恐怖症なんですから」

「わかったよ。おまえ、今日はもう帰れ。おまえみたいなやつはほんとだったらもうクビなんだが、明日九時に来てなんかやってみろ。それから考えよう」

「わかりました」

おれは彼といっしょにエレベーターまで歩いた。彼は尋ねた。

「おい、おまえなんでそんな妙な歩き方してるんだ？」

「鍋で鶏肉揚げてたら、油が爆発して脚にヤケドしたんです」

「おれはまた、戦争で負傷したのかと思った」

「いや、鶏肉です」

おれたちはいっしょにエレベーターで降りた。

65

管理責任者のフルネームはハーマン・バーンズだった。次の夜、ハーマンはおれとタイムレコーダーのところで会った。おれはタイムカードを押した。「ついて来い」彼は言った。彼はおれを、やけに暗い部屋へ連れていき、ジェイコブ・クリスンセンに紹介した。この男がおれの直接の上司になるということだった。バーンズは行ってしまった。

タイムズ・ビルで夜働いている人間のほとんどは年寄りで、頭がおかしく打ちひしがれていた。みんなまるで、足でも悪いみたいに背を曲げて歩いていた。おれたちは全員作業用のつなぎを支給されていた。ジェイコブは言った。「よし、道具を持て」その道具というのは金属のワゴンで、蓋のある大きな二つの箱に分けられていた。片方にはモップが二本とぼろ切れが少し、それから、石鹸の大箱が入っていた。もう一方には、いろんな色の瓶と缶、細かい備品の箱、よぶんなぼろ切れが入っていた。おれの仕事が用務員なのは明白だった。そう言えば、サンフランシスコでも一度、夜勤の用務員をしたことがあった。ワインの瓶をこっそり持ち込み、地獄のように働いたあとみんながいなくなると、坐って窓の外をみながらワインを飲んで夜明けを待つのだった。

年寄りの用務員が一人、おれのすぐ近くまで来ると、耳元で大声をはり上げた。「こ

いつらみんなアホだ、アホばっかりだ！　こいつらには知能ってものがない！　考えたりできないんだ！　人間の知性を恐れてる！　こいつら病気だ！　臆病者だ！　おれやあんたみたいに考えちゃいないんだ！」

彼の叫びは部屋中に聞こえた。六十代半ばに見えた。他のやつらはもっと年を取っていて、大半は七十かそれ以上に見えた。三分の一は女だった。この年寄りのおふざけにはみんな慣れっこになっていて、ムッとするやつなんか誰もいなかった。

「こいつらを見てると胸クソが悪くなってくるぜ！」彼は叫んだ。**「中身がないんだ！見てみろよ！　ケチな野郎ばっかりだ！」**

「わかったよ、ヒューー」ジェイコブは言った。「道具を持って、上で仕事しろ」

「殴られてえのか、バカ野郎！」彼は上司に向かって叫んだ。

「行けよ、ヒュー」

「この場で殴り倒してやる！」

ヒューは怒ったまま、ワゴンを押して出て行った。途中でばあさんを一人轢きそうになりながら。

「やつはいつもああなんだ」ジェイコブがおれに言った。「でも、用務員としては、今までここにいたやつのなかでいちばんだ」

「別にかまいませんよ」おれは言った。「活気のある職場は好きですし」

おれが自分のワゴンを転がしてるあいだ、ジェイコブはおれの仕事を教えてくれた。おれは二つの階の担当だった。もっとも重要な場所はトイレだ。いつでもまずトイレから仕事にかかる。流しや便器を洗い、屑籠を空け、鏡を磨き、タオルを替え、容器に石鹼液を詰め、脱臭剤をどんどん使い、トイレットペーパーや便座シートが充分にあるか確認する。それと、女子トイレには生理用ナプキンを忘れずに。そのあと、オフィスの屑籠を空けて、机の上を拭く。それから、ワゴンを持ってきて廊下にワックスをかけること、それが終わったら……。

「わかりました」おれは言った。

いつも通り、女子トイレは最悪だった。どうやらたいていの場合、女は使ったナプキンを個室の床にそのまま置いていくものらしい。それを見ると、おなじみの光景とはいえ嫌な気分だった。とくに二日酔いのときには。それに比べると、男子トイレはいくらかましだったが、それは男がナプキンを使わないというだけの話だった。でも、とにかく仕事中は一人でいられた。モップがけはあまり好きじゃなかった。よく髪の固まりとか、つぶれた吸いがらとかが隅っこにけっこう目立つ感じで残った。おれはそのまま放っておいた。でも、トイレットペーパーと便座カバーには気を使った。当然だ。いい気分で糞したあと、手を伸ばしてトイレットペーパーがないときぐらい最悪なことはない。たとえ人類のなかでもっとも嫌なやつでも尻を拭く権利はある。おれも時々、手を伸ばすとトイレットペーパーが切れていて、仕方なく便座カバーを取ろうとすると、これもなくなっていることがある。立ち上がって下を見ると、たった今出したものが水のなかに沈んでいる。こんな時、選択肢はほんの少ししかない。おれがいちばん満足できるのはこれだ。パンツで尻を拭き、便器にそのまま捨てて流し、トイレを詰らせる。

おれは女子トイレと男子トイレを終わらせ、屑籠を空けて机の上を拭いた。それから女子トイレに戻った。そこには、ソファと椅子と目覚し時計があった。仕事が終わるまであと四時間あった。おれは目覚しを退出時間の三十分前に合わせ、ソファに横になって眠った。

目覚しで起きた。おれは伸びをして顔に冷水をかけ、道具を押して倉庫まで降りた。ヒュー爺さんが近づいてきた。「あほんだらの国へようこそ」彼はおれに言った。今は少し落ち着いているようだ。おれは答えなかった。そこは真っ暗で、退出の時間までほんの十分だった。おれたちはつなぎを脱いだ。たいていの場合、普段着もまた、今まで着ていたつなぎ同様みじめで哀れっぽい代物だった。おれたちは、ほとんどしゃべらないか、しゃべっても小声だった。静かなのは別に嫌じゃなかった。心が安らいだ。

するとヒューがおれの耳元にやって来た。「あのトンマどもを見ろよ！」彼は叫んだ。

「なあ、あの薄汚いトンマどもを見てみろってんだよ！」

おれは彼から離れ、部屋の反対側に立った。

「おまえもトンマか？」おれのほうに向かって彼は叫んだ。**「おまえもあほんだらの一人なのか？」**

「はい、左様でございます」

「ケツの穴に足でも突っ込まれたいのか？」彼は叫び返した。

「そんなに怒鳴らなくても、おれたちのあいだにはからっぽの空間が広がってるだけだ」おれは言った。

古代の勇者よろしくヒューはその空間を埋めることを決意し、一列に並んだバケツをぎくしゃく飛び越えながら突進してきた。おれが横によけると、彼はそのまま飛んでいった。振り返り、戻ってきて両手でおれの喉を摑んだ。年寄りにしては長くて強い指だった。一本一本、全部感じ取ることができた。親指にまで力が入っていた。ヒューは流し一杯に溜まった、汚れた皿のような臭いがした。おれはなんとか引き剝がそうとしたが、指の力はますます強くなっていった。赤や青や黄色の光が、おれの頭のなかでチカチカした。選択の余地はなかった。おれは出来るだけそっと膝を上げた。一度目は外し、二度目で命中した。指がゆるんだ。ヒューは股間を押えながら床に倒れた。ジェイコブがやって来た。「いったい、何事だ？」

「ヒューがおれにあほんだらと言って、それから飛びかかって来たんです」

「おい、チナスキー。こいつは最高の用務員なんだ。この十五年間、ここにいたやつのなかでもいちばんなんだ。なあ、大目に見てやってくれるよな？」おれは歩いて行き、タイムカードを手に取って押した。怒りんぼのヒュー爺さんは、おれが出て行くのを床から見ていた。

「いつかぶっ殺して差し上げるからな」彼は言った。

おれは思った。少なくとも今は礼儀正しいってわけだ。でも、それでいい気分にはなれなかった。

66

次の晩、おれは四時間働いたあと、女子トイレへ行って目覚しを合わせて横になった。一時間くらい眠ったところでドアが開いた。ハーマン・バーンズとジェイコブ・クリスンセンだった。二人はおれを見た。おれは顔を上げて見返し、それからまたクッションに頭を下ろした。二人がトイレのなかに入っていくのが聞こえた。出てきたとき、おれは二人を見なかった。目を閉じて眠っているふりをした。

次の日、正午ごろ目覚めると、おれはジャンにこの話をした。「やつら、おれが寝てるのを見つけたんだが、クビにはしなかった。たぶんヒューのことでおれを恐がってるんだと思う。やっぱ、強いと得するよな。世界は強いやつのものなんだ」

「ただじゃすまないでしょうね」

「キンタマだ。いつも、おれにはキンタマがあるって言ってるだろ。おれは断固たる態度を貫いたんだ。おまえ、耳悪いんじゃないのか。おれの話、全然聞いてないだろ」

「あんたが何度も何度も同じことばっかり言うからよ」

「わかったよ。飲みながらちゃんと話そうじゃないか。おれたちがまたいっしょに住み出してから、おまえ、そこらじゅうでケツさらしまくってるだろ。クソッ、どうせおれにはおまえなんか必要じゃないし、おまえだって、おれなんか必要じゃないんだよ。ちゃんと事実と向き合おうぜ」

口論が始まる前にドアがノックされた。「ちょっと待て」おれは言い、そこら辺にあったズボンをはく。ドアを開けると、ウェスタンユニオンの配達人だった。おれは一〇セント渡して電報を開けた。

ヘンリー・チナスキー殿、あなたはタイムズ社から解雇されました。

ハーマン・バーンズ

「なあに?」ジャンが尋ねた。

「クビになった」

「小切手は？」

「何も書いてない」

「まだもらってない給料があるはずよ」

「ああ、取りに行こう」

「オーケー」

　車はもうなかった。はじめにバックギヤが動かなくなり、おれはその試練を前にだけ進むように工夫することで克服した。次にバッテリーが死に、慣性の法則に従って丘を下らないことには発進できなくなってしまった。それでも数週間はなんとか乗っていたが、ある夜、ジャンとおれは酔っぱらって、うっかりバーの前の平らな道に駐車してしまった。もちろん発進できず、おれはオールナイトの自動車修理工場に電話して引っぱって行ってもらった。何日か経って車を取りにいくと、その工場はすでに修理に五五ドル使っていたけど、車が発進する気配はなかった。おれは家まで歩いて帰り、工場に通知を送って契約を解除した。

　だからおれたちは、タイムズ・ビルまで歩いて行かなくちゃならなかった。ジャンはおれが喜ぶことを知っていたので、ハイヒールを履いていた。おれたちはそこまで歩いて行った。片道だけで、優に二〇ブロックはあった。ジャンは外のベンチに坐って休み、おれは経理部まで上がって行った。

「ヘンリー・チナスキーです。クビになったんで、小切手を取りに来ました」

「ヘンリー・チナスキー様ですね」女の子は言った。「少々お待ちください」

彼女は紙をざっと見た。「すみませんがチナスキー様、小切手はまだできておりません」

「わかった。待とう」

「明日までお渡しできないんですが」

「でも、もうクビになったんだぜ」

「申し訳ございません。明日またお越しくださいませ」

おれは外に出た。ジャンがベンチから立ち上がった。腹が減ってるようだった。「大中央市場に寄ってシチューの肉と野菜と、上等のフランスワインを二本買いましょうよ」

「ジャン、小切手がまだできてないって」

「でも、あんたに小切手渡さなきゃいけないんでしょ。法律で決まってんだから」

「おれもそう思う。わからないんだよ。でも、明日になんないとできないって言うんだ」

「なんてことなの。私、ハイヒールでここまで来たのに」

「素敵だよ、ベイビー」

「ありがと」

おれたちは引き返しはじめた。半分まで戻ったところでジャンはハイヒールを脱ぎ、ストッキングのままで歩いた。歩いているあいだ、二台ほどの車がクラクションを鳴らした。そのたびにおれは中指を突き立ててやった。帰ると、ちょうどタコスとビールのぶんの金があった。おれたちはそれを買って飲み食いし、少し喧嘩をしてから、セックスして寝た。

67

次の日の正午ごろ、おれたちはもう一度出かけた。ジャンはハイヒールを履いていた。

「今日はあんた、シチュー作ってよ」ジャンは言った。「あんたみたいにシチュー作れる男なんていないわ。あんたのいちばんの取柄はそれだもの」

「そりゃどうも、ありがとさん」おれは言った。

またもや二〇ブロック歩いた。ジャンは外のベンチで休み、おれが経理部に行っているあいだ靴を脱いでいた。同じ女の子がいた。

「ヘンリー・チナスキーだ」おれは言った。

「はい？」

「昨日来たんだけど」

「はい？」

「あんたが、小切手は今日できるって言ったから」

「ああ」

女の子は紙をざっと見た。「すみませんがチナスキー様、小切手はまだできておりません」

「でもあんた、今日できるって言っただろう」

「すみませんが、給与の小切手をお作りする場合、少々お時間をいただかなくてはならないこともございますので」

「小切手をくれよ」

「申し訳ございません」

「おまえ、申し訳ないなんて思ってないだろう。申し訳ないとはどういうことか知らねえんだ。おれは知ってる。とにかく、おまえの上司の上司に会わせろ。今すぐにだ」

女の子は電話を取った。「ハンドラーさんですか？　チナスキー様という方が退職の給与小切手のことでお会いになりたいそうです」

何やら会話が続いた。女の子はやっとおれを見た。「三〇九号室です」

おれは三〇九号室まで歩いて行った。「ジョン・ハンドラー」と書かれたドアを開けた。ハンドラーは一人だった。西部で最も大きく、影響力のある新聞社の役員兼取締役だ。おれはやつと向かい合わせの椅子に坐った。

「なあ、ジョン」おれは言った。「やつらはおれをクビにした。おれが女子トイレで寝てるのを見つけたんだ。おれはかみさんといっしょに二日続けてここまで歩いてきたのに、聞けば、まだ小切手はできてないの一点張りだ。わかるだろ、そんなのクソじゃないか。おれはただ小切手をもらって酔っぱらいたいだけなんだ。確かに立派とは言えないが、おれの人生だ。もし小切手がもらえなかったら、おれ、なにをするかわからねえぜ」

そして、『カサブランカ』そのものの目つきで彼を見た。「タバコ、あるかい？」

ジョン・ハンドラーはおれにタバコをくれ、火もつけてくれた。こりゃもう、網で生け捕りにされるか、小切手をもらえるかのどっちかだなと思った。

ハンドラーは受話器を取り上げた。「シムズ。ヘンリー・チナスキーさんって方に支払う小切手があるだろう。五分以内にここに持って来てくれ。じゃあ、よろしく」彼は電話を切った。

「ねえ、ジョン」おれは言った。「おれ、ロサンゼルス市大で二年間ジャーナリズムを専攻してたことがあるんだけど、記者として雇ってくれないかな？」

「すまんが、今人員オーバーなんだ」

おれたちはしばらくしゃべった。何分か経ってから女の子が入ってきて、ジョンに小切手を渡した。ジョンはわざわざ机の向こうのおれに、それを手渡してくれた。親切な男だ。そのあとすぐ死んだと聞いたが、ジャンとおれはビーフシチューと野菜を食べ、フランスのワインを飲んで生き続けた。

68

おれは州の職安でもらったカードを持って就職の面接に出かけた。そこは大通りから何ブロックか東、ドヤ街の少し北にあった。自動車のブレーキ部品を扱う会社だった。おれは事務所でカードを見せ、申込用紙を埋めた。以前やった仕事の期間を延ばして記入した。日数は月数に、月数は年数にした。たいていの会社は記載事項の確認なんてしなかった。社員の保証人になってくれる会社には、もともと縁がなかった。どうせすぐに前科がバレてしまう。ブレーキ部品の会社は、保証人になるとかどうこうなんて言わなかった。二、三週間すると、いつもまた別の問題が持ち上がる。会社がおれを保険に加入させようとするのだ。でも、たいがいおれはそのころには辞めていた。

相手の男は、おれの書いた申込用紙にざっと目を通し、それからふざけたように部屋のなかの二人の女のほうを向いて言った。「こいつ、職を探してるらしい。ここの仕事に耐えられるかな？」

信じられないくらい簡単に決まる仕事もある。こんなのを覚えてる。おれはなかに入り、前かがみに椅子に坐って欠伸(あくび)をした。机の向こうの男がおれに尋ねた。「はい、なんでしょう？」「いや、あの」おれは答えた。「ここで働きたいんです」「採用です」

でも、その一方で、おれにはとうてい手の届かない仕事もあった。南カリフォルニア・ガス会社は、高い給料に早い退職、等々と書いた求人広告を出していた。おれは自分でも何度行ったかわからないくらいそこに出向いては、黄色い申込用紙を埋め、硬い椅子に坐って、額縁のなかのパイプやガスタンクの写真を見た。結局おれは、まったくカスりもしなかった。おれはガス会社の職員を見るたびに、やたらしげしげと観察し、こいつにはあっておれにはないものを探した。

ブレーキ会社の男はおれを連れて狭い階段を上がった。彼はジョージ・ヘンリーという名前だった。ジョージはおれを仕事場に連れて行った。すごく狭くて暗く、電球一個と路地に面した小さな窓しかなかった。

「さあ」彼が言った。「段ボールがあるだろ。ブレーキシューを段ボールのなかに入れてくれ。こうやって」

ヘンリーさんはやって見せた。

「三種類の段ボールがあって、それぞれ違う印刷がしてある。一つ目の段ボールは『スーパー耐久ブレーキシュー』、次のが『スーパー・ブレーキシュー』、三つ目が『スタンダード・ブレーキシュー』だ。ブレーキシューは、ここに積んである」

「でも、みんな同じに見えるんですけど。どうやって分けたらいいですか?」

「分けなくていいんだよ。ぜんぶ同じなんだから。ただ三等分してくれたらいい。詰め終わったら下に降りてきて。そしたら次の仕事、なんか見つけて言うから。大丈夫?」

「ええ。いつからやればいいんですか?」

「今からだよ。それから、絶対にタバコは吸わないこと。上ではダメ。どうしても吸いたかったら、下で吸って。いいね?」

「はい」

ヘンリーさんはドアを閉めた。彼が階段を下りていくのが聞こえた。おれは小さな窓を開けて、世間を眺めた。それから腰かけて、リラックスし、タバコを吸った。

69

おれはたちまちクビになった。他の多くの仕事と同じように。でもおれは気にしなかった。クビになって残念だったのは、ただの一度だけだ。それは今までおれのやったなかでもっとも簡単な仕事だったから、失うのはほんとに残念だった。第二次世界大戦中のことだ。おれはサンフランシスコの赤十字で働いていた。看護婦や瓶や冷蔵庫を満載したトラックを運転し、いろんな小さな町を回っていた。おれたちは戦場に送る血液を集めていた。目的地に着くと、おれは看護婦のために荷物を下ろし、あとは一日中、歩いたり公園で寝たり、とにかくなにをしていてもよかった。一日の終わりになると、看護婦はいっぱいになった瓶を冷蔵庫に詰め、おれはいちばん近くのトイレでゴム管のなかから凝血塊を絞り出した。おれはたいてい素面だったが、それでも昼食を吐かないために凝血塊をとても小さな魚か虫だと思うことにしていた。

赤十字での仕事はよかった。看護婦の一人とデートまでしたくらいだった。ところがある朝、町から出る橋を間違えて、看護婦と針と空瓶をぎっしり積んだまま、どこかのドヤ街で迷ってしまった。ドヤ街の男たちは看護婦を犯したくてたまらない様子で、看護婦は不安がった。おれはもう一度橋を戻って、他の道を回った。いくつかの町をごっちゃにしてしまい、血液を提供してくれる人たちが集まる教会にやっとたどり着いたときには、二時間と十五分遅れていた。前の芝生は集まった人たちと医者と教会関係者であふれ、全員が怒っていた。大西洋の向こうではヒトラーが着々と地歩を固めていた。残念にも、おれはその場でクビになった。

70

ロサンゼルスのイエロー・キャブ株式会社は、三番通りの南のほうにあった。陽のあたる構内には何列もタクシーが並んでいた。アメリカ癌協会の近くだった。おれは昔アメリカ癌協会に行ったことがある。タダだと知っていたからだ。体中に腫れ物ができて目まいがし、血を吐いていたおれは、そこに出向いてはみたものの、三週間先の予約ができただけだった。アメリカ人はみなそうだが、おれだっていつもこう聞かされてきた。**ガンは早期発見が肝心です。**でも、早期発見しようと出かけてみれば、予約日まで三週間お待ちくださいと言われる。これが、教えられたことと現実との差なのだ。

三週間経ってもう一度行ってみると、ある程度の検査ならタダでできるが、それをパスしたところで本当に癌でないかはわからない、と言われた。もし二五ドルの検査を通れば、**まあ、ガンはないだろう、**とわかる。でも、**絶対大丈夫**だと知るには、二五ドルの検査の次に七五ドルの検査を受けてください。それをパスすれば安心できますよ、と。そんなものパスしてしまったら、おれの症状はアル中か精神病か梅毒のせいにするしかない。白衣を着たアメリカ癌協会の小僧っ子たちは、明るくハキハキと話した。そしておれは言った。つまりさ、一〇〇ドル払えってことだろ。ええ、そうなんです、と彼らは言い、おれはそのまま表へ出て、三日間飲み続けた。すると腫れ物は消え、目まいもなくなり、血も吐かなくなった。

イエロー・キャブ株式会社に行く途中で癌協会の建物の前を通り過ぎたとき、したくもない仕事を探すよりもっと嫌なことが世の中にあることをおれは思い出した。なかに入ると、いつもと同じ申込用紙、質問などなど、簡単そうなことばかりだった。指紋を取られたのがただ一つ目新しかったが、指紋ならおれは慣れてる。手と指をリラックスさせてインクに押しつけると、女の子がうまいと褒めてくれた。イエロー・キャブ株式会社の男は、明日講習を受けにこいと言い、ジャンとおれはその晩お祝いをした。

71

ジェーンウェイ・スミッソンは小柄で気違いじみた白髪の男で、喧嘩っぱやい雄鶏みたいだった。彼は一台のタクシーにおれたち五、六人を詰め込み、ロサンゼルス川の川底に降りていった。そのころのロサンゼルス川はまがいものだった。水なんかなくて、ただだっ広い乾いたセメントの河床があるだけだった。そこでは何百人もの浮浪者が、橋や陸橋の下の小さなセメントの窪みに住んでいた。自分の住む窪みの前に鉢植えの植物を置いてるやつもいた。やつらが王様のような暮らしを続けるためには、缶入り固形燃料と近所のゴミの山から拾ってきたものがあれば充分だった。みんな日焼けしてリラックスしていて、たいていはロサンゼルスの平均的ビジネスマンよりずっと健康そうに見えた。なにしろ、こいつらには心を悩ませるものがまったくないのだ。女、所得税、大家、葬式の費用、歯医者、時給、車の修理、投票所の間仕切りに入ってカーテンを引くこと、なんにも関係ない。

ジェーンウェイ・スミッソンは勤続二十五年目で、それを誇っているほどの阿呆だった。右の尻ポケットに銃を入れていて、ブレーキテストのとき、イエロー・キャブ株式会社はじまって以来、誰よりも短い時間と距離でタクシーを停めたことが自慢だった。ジェーンウェイ・スミッソンを見てると、それはただの嘘か、それともデタラメにやったらたまたま運がよかっただけだろうと思えたし、他の勤続二十五年のやつらと同じように、こいつもとうてい正気とは思えなかった。

「オーケー」彼は言った。「バウアーズ、おまえからやれ。このポンコツを時速七二キロまで加速して、その速度をキープしろ。おれは右手に銃、左手にストップウォッチを持ってる。おれがぶっ放したらブレーキを踏め。もし、おまえにちゃんと車を停めるだけの反射神経がなかったら、おまえは七番通りとブロードウェイの交差点で、真っ昼間から青いバナナを売ることになる……。違うよ、このタコ！　引き金の指を見るな！　まっすぐ前を向け！　おまえに歌を歌ってやる。おまえをおねんねさせてやる。こいつがいつ火を吹くかなんておまえにはわからないんだよ！」

その瞬間やつは銃をぶっ放した。バウアーズはブレーキを踏み込んだ。車はガクンと傾き、横にすべってスピンした。埃が車輪の下から渦を巻いて雲となった。車は巨大なコンクリートの柱のあいだを暴走した。タクシーはしばらくしてキーッと音を立ててやっと停まり、前後に揺れた。うしろの席の誰かが鼻血を出していた。

「合格ですか?」バウアーズが尋ねた。

「教えない」スミッソンは言い、小さな黒い手帳にメモをした。「オーケー。デスプリート、次はおまえだ」

デスプリートがハンドルを握り、またもやひどいことになった。ドライバーは交代し続けた。おれたちはブレーキとタイヤを焼き、銃をぶっ放しながらロサンゼルス川の河床を行ったり来たりした。最後はおれだった。「チナスキー」スミッソンは言った。

おれはハンドルを握り、時速八〇キロまで上げた。

「記録作ったんだって、えっ、おやじ?　ランキングからおまえの名前を消し去ってやるぜ！」

「なんだって?」

「耳の穴かっぽじってよく聞けよ！　おまえなんか目じゃないぜ！　おれはマックス・ベアと握手したこともあるんだぜ！　おれはテックス・リッターの庭師でもあったたん

だ！　クソくらえってんだよ！」

「ブレーキに**足乗せてる**じゃないか！　足をどかせ！」

「歌を歌ってくれよ、おやじ！　ちょっと歌を歌ってくれよ！　おれのダッフルバッグには、メイ・ウェストからもらったラブレターが四十通は入ってるんだぜ！」

「**おまえなんかがおれに勝てるか！**」

おれは銃声を待たなかった。ブレーキを踏み込んだ。うまく当たった。銃声と踏み込みが同時だった。おれはやつの世界記録を、距離にして四・五メートル、タイムにして〇・九秒破った。やつは真っ先にそのことを言った。それから声の調子が変わり、おまえ、ズルしただろ、と言った。おれは言った。「オーケー。おれのことはどう書いてもいいぜ。でも、おれたちをちゃんとロサンゼルス川から出してくれよな。雨、降りそうもないから、魚も取れないだろうし」

72

講習には四、五十人いた。全員が小さな机に坐っていた。机は床にネジでとめられ、何列も続いていた。どの机にも、肘かけみたいな平らな面が右側についていた。まるで昔の、生物か化学の授業みたいだった。

スミッソンが名簿を読み上げた。

「ピーターズ！」

「はい」

「キャロウェイ」

「ああ」

「マクブライド……」

（沈黙）

「マクブライド？」

「あっ、はい」

点呼は続いた。こんなに仕事の空きがあるってのはいいもんだな、とおれは思った。でも同時に心配もした——きっとおれたち、なんか競争させられるんだ。適者生存だ。アメリカにはいつも、職探しをする人々がいる。使える体は、いつでも、いくらでもいる。そしておれは作家になりたいんだ。ほとんどすべての人間は作家だ。歯医者や自動車の修理工になれるだろうなんて、全員が思いやしない。でも、自分は作家になれるとはみんな知ってる。この部屋の五十人の男のなかでたぶん十五人が、おれは作家だと思ってることだろう。ほとんどすべての人間が言葉を使い、それを紙に書くことができる。つまり、ほぼ全員が作家になれるってわけだ。しかし幸運なことに、ほとんどの人間は作家ではなく、タクシー運転手ですらなく、そして何人か、かなり多くの人間は、不幸なことに何者でもない。

点呼が終わった。スミッソンは部屋を見渡した。「ここに集まった皆さん」彼は言いかけてから黙り込んだ。彼は一列目の黒人を見た。「スペンサーだね？」

「はい」

「おまえ、帽子の紐を取っただろ？」

「はい」

「なあいいか、おまえがマッカーサー元帥のように、耳が隠れるほど深く帽子をかぶってタクシーのなかに坐っていたとする。買い物袋を持った婆さんが歩いてきてタクシーに乗ろうとするが、おまえはそんなふうに窓から肘を出して坐ってる。そしたら婆さんはおまえのことをムチャクチャな運転をするやつだと思うだろう。ムチャクチャな運転をするやつだと思っておまえの車には乗らない。バスに乗るんだ。軍隊じゃそれで通るだろう。でもここは**イエロー・キャブ**なんだぞ」

スペンサーは床に手を伸ばし、紐を拾い、帽子にくっつけた。仕事が欲しかったのだ。

「さて、たいていのやつは運転の仕方を知ってるつもりでいる。でも実際には、知ってるやつなんかほとんどいない。ただハンドルを回してるだけだ。道を車で走ってると、おれはいつも驚く。ほんの数秒置きに事故が起こってもおかしくないな、と。毎日二、三人、赤信号なんか存在しないみたいに十字路を突っ切るやつを見かける。おれは牧師なんかじゃない。でも、おまえらにこれだけは言える——そういうやつらはだな、ムチャクチャな暮らしをしてるせいで気が変になってて、それが運転にも表われてるんだ。おれは、おまえらに生き方を教えるためにここにいるんじゃない。生き方なら、ラビか司祭か近所の娼婦にでも訊いてくれ。おれがここにいるのは、おまえらに運転の仕方を教えるためだ。おれは会社の保険料を下げようとしてる。そして、おまえらが夜、生きたまま家に帰れるようにしてやろうとしてるんだ」

「おい」隣のガキがおれに言った。「あのスミッソンって爺、なんだかスゲえな」

「人はみな詩人だ」おれは答えた。

「さて」スミッソンは言った。「おいマクブライド、目を覚ましてちゃんと聞け……。さて、車がコントロール不能になっても、どうにもできないってときが一つだけある。どんなときだ？」

「勃起したとき？」誰かがジョークを言った。

「メンドサ、もし勃起したくらいで運転できないんなら会社じゃあ使えんな。会社のいちばん優秀なやつらは、勃起したまま昼夜ぶっ通しで運転してるぞ」

みんな笑った。

「さあ、車がコントロール不能になっても、どうにもできないのはただ一つ、どんなときだ?」誰も答えない。おれは手を挙げた。

「よし、チナスキー?」

「くしゃみをしたときだと思います」

「正解だ」

おれはまた優等生になったような気がした。ロサンゼルス市大のころみたいだ——成績は悪かったが口はうまかった。

「じゃあ、くしゃみをしたとき、どうすればいい?」

おれがまた手を挙げると、ドアが開いて一人の男が入ってきた。彼は通路を通り、おれの前に立った。「おまえ、ヘンリー・チナスキーだな?」

「そうですが」

彼はほとんど怒ったような顔で、おれの頭から運転手の帽子をむしり取った。全員がおれを見た。スミッソンの顔は表情がなく、果たしてどちらの味方か不明だった。

「ついて来い」男は言った。

おれは後について教室を出て、彼の事務室に入った。

「坐れ」

おれは坐った。

「おまえのことは調べたぞ、チナスキー」

「はい？」

「おまえ、公衆の面前での酩酊で十八回、飲酒運転で一回捕まってるじゃないか」

「もし書いたら不採用じゃないかと思いまして」

「嘘ついたな」

「もう飲んでません」

「そんなこと問題じゃない。いったん文書を偽造したとわかったら、もう資格はないんだよ」

おれは立ち上がり表へ出た。歩道を歩き、癌協会のビルの前を通り過ぎてアパートへ戻った。ジャンはベッドにいた。破れたピンクのスリップを着ていた。肩紐を片方、安全ピンで止めていた。すでに酔っていた。

「あんた、どうだった？」

「おまえは要らないって言われた」

「なんで？」

「おかまはお断りだとさ」

「まあいいわ。冷蔵庫にワインが入ってるから。自分のぶんを注いで、ベッドに来て」

おれはそうした。

73

二日ばかりして、おれは画材屋の発送係の求人を新聞で見つけた。店は家のすごく近くにあったが、寝過ごして、着いたころにはすでに午後三時を回っていた。マネージャーは応募者と話をしていた。これまで何人面接したのかわからなかった。女の子が申込用紙をくれた。その男はマネージャーにいい印象を与えている様子だった。二人とも笑っていた。おれは用紙に記入して待った。やっとマネージャーがおれを呼んだ。

「一つ言っておきたいことがある。おれは朝、別の仕事を決めてきた」おれは彼に言った。「そしたら、偶然ここの広告を見つけたんだ。おれはすぐそこの角を曲ったところに住んでる。どうせ働くなら家に近いほうがいいと思ったんだ。それに、おれは趣味で絵を描く。ここなら画材が値引きになると思って」

「従業員は一割五分引きだ。君を雇うと言ってる会社の名前は?」

「ジョーンズ=ハマー・アーク灯会社。おれは発送部の監督をすることになってる。アラメダ通りを下って、食肉処理場のすぐ隣だ。朝八時に行かなくちゃならないんだけど」

「こっちも、まだ何人か面接したいんだが」

「かまいませんよ。この仕事、当てにしてるわけじゃないから。たまたま近かったから寄っただけで。おれの電話番号、申込用紙に書いてありますから。だけどジョーンズ＝ハマーで働きはじめちゃったら、あっさり辞めるわけにはいかないですよ」

「結婚はしてるの？」

「はい。男の子が一人。トミーという名前で、今年三歳になる」

「よし。後で連絡するから」


電話は、夕方六時半に鳴った。「チナスキーさんですか？」

「そうですが？」

「まだうちで働く気はありますか？」

「どこで？」

「グラフィック・チェラブ画材店です」

「ええ、はい」

「じゃあ、朝八時半に来てください」

74

商売はあまりうまくいっていない様子だった。注文はひどく少なかった。マネージャーのバッドは、おれが発送のテーブルにもたれて葉巻を吸っているところへ歩いてきた。

「もしなにもすることがないときは、角を曲がった喫茶店でコーヒーを飲んでてもいいぞ。でも、荷物を積んだトラックが来たら必ずここに戻るように」

「わかりました」

「それから、ゴム板の棚をいっぱいにしとけ。ゴム板はいつでもたっぷり仕入れておくんだ」

「ええ」

「誰かが裏から入ってきて在庫を盗んだりしないように気をつけろ。ここら辺の路地には、いつも安酒を飲んで暮らしてるアル中がウロウロしてるからな」

「オーケー」

「『割れ物注意』のラベルはたくさんあるか？」

「はい」

「『割れ物注意』のラベルは、気にせずどんどん使ってくれよ。もしなくなったら言ってくれ。品物はきちんと包んで。とくに、ガラス瓶に入った絵具は」

「よく気をつけます」

「オーケー。それで、なにもすることがないときは、路地を行ったところでコーヒー飲んでてもいいから。モンティーズ・カフェって名だ。胸の大きなウェイトレスがいてさ。ありゃ見といたほうがいいぞ。胸の大きく開いたブラウスを着て、しょっちゅう前にかがんでるんだ。パイも焼き立てだし」

「オーケー」

75

メリー・ルーは表の事務所で働く女の子の一人だった。メリー・ルーには気品があった。三年前のキャデラックに乗り、母親といっしょに暮らしていた。つき合いも広く、ロサンゼルス交響楽団の団員や映画監督、カメラマン、弁護士、不動産業者、カイロプラクティックの医者、牧師、元飛行士、バレエのダンサー、その他レスラーとかフットボールのラインズマンとかいった連中と寝ていた。それでも一度も結婚せず、グラフィック・チェラブ画材店の表の事務所でずっと働いていた。そこから彼女が出るのは、たまに、おれたちが全員帰宅したと思ったあと、ドアの鍵をかけて笑いながら、すばやく女子トイレでバッドとセックスするときくらいだった。おまけに彼女は信心深くて、競馬好きだった。でも、できれば指定席のほうがよく、サンタ・アニタのほうが好ましいという口だった。彼女はハリウッド・パークを見下していた。無鉄砲で選り好みが激しく、美人といえなくもなかった。とはいえ、自分でそうだと思っているにしてはなにかが足りなかった。

彼女の仕事の一つは、注文の写しをタイプして、おれのところへ持ってくることだった。店員は客がいなくて手がすいているとき、籠からもう一枚写しを取って品物を揃え、梱包する前におれがチェックする。彼女が初めて注文票をおれのところへ持ってきたとき、ピッチリした黒いスカートにハイヒール、白いブラウスを着て、首には金と黒のスカーフを巻いていた。鼻は可愛らしく上を向き、すごい尻に、いい胸をしていた。背が高くて上品だった。

「あなたが絵を描くって、バッドが言ってたわ」彼女は言った。

「少しね」

「うわあ、ステキじゃない。ここには面白い人が大勢いるのよ」

「どういう意味?」

「あのね、用務員の人、年取っててモーリスって名前でフランスから来たの。週に一度来て、この店を掃除するの。その人も絵を描いてて、絵具と筆とキャンバスを全部ここで買ってくの。でも、変わってるの。絶対しゃべらないの。うなずいて指差すだけ。欲しいものをただ指差すだけよ」

「ああ、そう」

「変わってるでしょ」

「うん」

「先週女子トイレへ行ったら、彼、そこにいて、暗いなかでモップかけてるの。彼ったら、そこに一時間もいたんだから」

「ふうん」

「あなたもしゃべらないのね」

「ああ、でもおれ、まともだよ」

メリー・ルーは歩き去った。おれは背の高い彼女の尻が動くのを見ていた。魔術だ。ある種の女は魔術だ。

注文品をいくつか梱包してると、年寄りが一人、通路を歩いてきた。薄汚い灰色の口ひげが、だらしなく口の周りに垂れ下がっていた。小柄で背が曲がっていた。黒い服を着て、喉に赤いスカーフを巻いていた。青いベレー帽をかぶっていた。ベレー帽の下から、櫛の入っていない灰色の長い髪がたくさん覗いていた。

モーリスの特徴は目だった。あざやかな緑色で、頭の奥から外を見ているようだった。

眉毛はモジャモジャだった。細くて長い葉巻を吸っていた。「よお」彼は言った。フランス訛はたいしてなかった。発送テーブルに腰を下ろして脚を組んだ。

「あんた、しゃべらないと思ってたけど」

「あ、その話ね。くだらん。あんなやつらの相手をする気になれないだけさ。関係ないよ」

「どうして暗いなかでトイレの掃除なんかしてたんだい？」

「メリー・ルーのせいさ。彼女を見て、それからトイレに入って床中ベタベタにしちまったんだ。それをモップで拭いてたってわけ。彼女も知ってるよ」

「あんた、絵描くの？」

「ああ。いま部屋でキャンバスに描いてるんだ。この壁くらいある。でも壁画じゃないよ。おれは一人の男の人生を描いてるんだ――オマンコから生まれてきたとこ、彼が生きた年月、最後に墓に入るまで。おれは公園で人を見る。そいつらを使うんだ。あのメリー・ルー、あいつとやったらすごくいいだろうな、どうだ？」

「どうかな、蜃気楼みたいなものかも」

「おれ、フランスに住んでたんだ。ピカソに会ったことあるんだぜ」

「ほんとに？」

「ああ、そうだよ。いいやつだったなあ」

「どうやって会ったんだい？」

「ドアをノックしたのさ」

「ピカソ、怒らなかった？」

「怒らなかった」

「ピカソのこと嫌いなやつもいるだろ？」

「有名人はすべて嫌いってやつはいるさ」

「有名人でなきゃ嫌いってのもいるしな」

「人がどう思おうとかまやしないさ。おれは全然気にしちゃいない」

「ピカソはなんて言った？」

「うん。おれは訊いたんだ。『先生、どうしたらもっといい絵が描けるでしょうか』って」

「ほんとに？」

「ほんとさ」

「で、ピカソ、なんて言ったんだ？」

「こう言ったよ。『おれがあんたの絵について教えられることはなにもない。あんたは自分でやるしかないんだよ』」

「ふーん」

「そうなんだ」

「けっこういいね」

「ああ。マッチあるか?」

おれはやつにマッチを渡した。やつの葉巻の火が消えていた。

「おれの兄貴は金持ちなんだ」モーリスは言った。「兄貴はおれと縁を切った。おれが酒を飲むのが嫌いなんだ。おれの絵も」

「でも、あんたの兄貴はピカソに会ったことないだろ?」

モーリスは立ち上がり、ほほえんだ。

「そうさ。ピカソに会ったことなんてない」

モーリスは通路を通って、店の表へ歩いて行った。葉巻の煙が、やつの肩ごしに渦を巻いていた。おれのマッチを持ったままだった。

76

バッドが注文品用の台車に絵具の一ガロン缶を三つ載せてやって来た。彼はそれを、梱包に使うテーブルの上に置いた。**深紅色**というラベルが貼ってあった。彼はおれに三枚のラベルを手渡した。それには**朱色**と書いてあった。

「**朱色**が切れたんだ」彼は言った。「水につけてラベルを剝がして、**朱色**のラベルを貼ってくれ」

「でも、深紅色と朱色じゃかなり違いますよ」おれは言った。

「いいからやってくれ」

バッドはぼろ切れとカミソリを置いていった。おれはぼろ切れを水につけ、缶に巻いた。それから古いラベルをこすり落とし、新しいのを貼りつけた。

数分後、バッドが戻ってきた。今度は**群青**の缶と**コバルトブルー**のラベルを持っていた。まあ、さっきよりは近いか……。

77

店員にポールってやつがいた。太ってて、二十八歳くらいだった。目がすごく大きくて、飛び出してた。薬を飲んでた。おれは片手一杯の薬を見せてもらった。一つ一つ大きさも色も違ってた。

「少し要るかい？」

「いや」

「いいよ。取れよ」

「じゃあ」

おれは黄色いのを一つ取った。

「おれ、これを全部飲むんだ」彼は言った。「調子を上げるのもあるし、下げるのもある。体の中で喧嘩させとくんだ」

「それってヤバくない?」

「ああ、わかってる。なあ、仕事のあと家に来ないか?」

「女がいるんだ」

「誰だって女ぐらいいるさ。女よりもっといいものがあるんだ」

「なに?」

「おれの女が、誕生日に痩せる機械を買ってくれてね。その上でおれたちセックスするんだ。機械が勝手に上下に動くから、おれたちはなにもしなくていいんだよ。機械が全部してくれる」

「いいね」

「あんたとおれとで、その機械使ってみようよ。すごい音がするけど、夜十時以降に使わなけりゃ大丈夫さ」

「どっちが上になるんだ?」

「どっちだっていいじゃないか。おれは上でも下でもかまわない。そんな、上下なんて関係ないよ」

「関係ない？」

「全然。コイン投げて決めようよ」

「ちょっと考えさせてくれ」

「いいとも。薬、もう一個要る？」

「うん。黄色をもう一つ」

「閉店のときにまた訊くから」

「いいよ」


閉店のとき、ポールはそこにいた。

「それで？」

「やっぱりできないよ、ポール。おれ、ホモじゃないから」

「すごい機械なんだぜ。機械の上に乗ったらなにもかも忘れちまうと思うけどなあ」

「いや、ダメだ」

「わかったよ。とにかく家に来て薬を見てよ」

「ああ、それならいいよ」

おれは裏のドアを閉めた。そしていっしょに表から出た。メリー・ルーは事務所に坐って、タバコを吸いながらバッドと話していた。

「二人とも、おやすみ」バッドは言いながら、妙にニヤニヤしていた。

ポールは一ブロック南のアパートに住んでいた。部屋は表側の一階で、窓は七番通りに面していた。

「これがその機械だよ」彼は言って、スイッチを入れた。

「見て、見て。洗濯機みたいな音がするだろ。上の階の女の人が廊下でおれと会ったとき言ったんだ。『ポール、あんたって本当にきれい好きみたいね。週に三、四回も服洗ってる音が聞こえるわよ』って」

「スイッチ切ってくれ」おれは言った。

「薬を見て。何千もあるんだ。**何千もだよ。**自分でもなんの薬かわからないのまであるんだ」

薬の瓶はすべてコーヒーテーブルの上に並べてあった。瓶は十一、二個で、大きさも形もみんな違っていて、色とりどりの薬が詰っていた。きれいだった。おれが見てるとポールは瓶を一つ開け、三、四錠取り出して飲み込んだ。次の瓶を開けて二錠飲んだ。それから三つ目の瓶を開けた。

「なあ、ほら」彼は言った。「機械に乗ろうよ」

「また日を改めてお邪魔するよ。行かなくちゃ」

「わかった」彼は言った。「あんたがファックしてくれないなら自分でやるよ！」

　おれは後手にドアを閉めて通りに出た。彼が機械のスイッチを入れたのが聞こえた。

78

　マンダーズはおれが働いているところまで歩いてくると、立ち止まっておれを見た。おれは注文品の大量の絵具を包んでいるところだった。彼はじっとおれを見ていた。マンダーズはこの店の元のオーナーだったが、奥さんが黒人と逃げたのを境に飲み始めた。店を手放す破目になるまで飲み続けたのだ。今はただの店員で、経営者は別の人だった。

「ここいらの箱に『割れ物注意』のラベルは貼ってるか？」

「はい」

「きちんと詰めてるか？　新聞とか、藁とか、たくさん？」

「ちゃんとやってるつもりですけど」

「『割れ物注意』のラベルは充分あるか？」

「はい。台の下に箱一杯あります」

「自分がなにしてるかわかってるのか？　どうも発送係には見えないが」

「じゃあ、発送係ってどんなやつなんです?」

「エプロンをしてる。おまえ、エプロンしてないじゃないか」

「はあ」

「スミス=バーンズリーが電話してきて、ゴム糊の一パイント瓶が割れてたって言ってたぞ」

おれは答えなかった。

「『割れ物注意』のラベルがなくなったら、おれに言え」

「わかりました」

マンダーズは通路を歩いて行った。そして立ち止まって振り向くと、おれをじっと見た。おれは容器から紐を取り、特別カッコつけて箱の周りに巻いた。マンダーズは向こうを向いて立ち去った。


バッドが走ってきた。「六フィートのゴム板の在庫、いくつある?」

「一枚もないです」

「六フィートのゴム板、今すぐ五枚欲しいってお客さんが来て待ってるんだ。作ってくれ」

バッドは走って行った。ゴム板とは、シルクスクリーンに使う、端っこにゴムのついた板のことだ。おれは屋根裏へ行き、材木を持って下りて、六フィートの長さを五つぶん測りノコギリで切った。それから、板の片側に穴を開け始めた。穴が開いたら、ゴムをボルトで締めつける。それから、平らになるまでゴムをサンドペーパーで磨かなきゃならない。縁（へり）を真っ直ぐにするのだ。ゴムの縁が完全に真っ直ぐじゃないと、シルクスクリーンの作業はうまくいかない。それに、ゴムってやつは、やたらと丸まったり捩（ねじ）れたり引っかかったりする。

三分経ってバッドが戻って来た。「ゴム板、できたか？」

「まだ」

彼は表へ走って行った。おれは穴を開けてネジを締め、サンドペーパーをかけた。五分後、彼は戻って来た。「ゴム板、できたか？」

「まだ」・

彼は走って行った。

おれが六フィートのゴム板を一枚完成させもう一枚も半分までできたとき、彼は戻って来た。

「もういいよ。お客さん、帰っちゃったから」

バッドは表へ戻って行った……。

79

店の経営は危なかった。日に日に注文が減っていった。やることはどんどん少なくなっていった。ピカソの友人はクビになり、おれがトイレにモップがけしたり、ゴミ箱を空けたり、トイレットペーパーを取り替えたりすることになった。毎朝、店の前の歩道を掃き、水をまくのもおれの仕事になった。週一度、窓も拭いた。

ある日、おれは自分の持ち場を掃除することにした。発送に使う空の段ボール箱が置いてある場所をきれいにしたのもそのときだった。おれは段ボールを全部どけ、ゴミを掃き出した。掃除してると、段ボールを入れている大箱の底に、灰色の長方形の小さな箱があるのに気づいた。取り出して開けてみた。大きなサイズのラクダの毛の筆が二十四本入っていた。分厚くて、きれいで、一本一〇ドルもする代物だった。おれはどうしていいかわからなかった。しばらく筆を見たあと蓋を閉め、裏から出て路地のゴミ箱のなかに置いた。それから段ボールを全部、大箱に戻した。

その夜、おれはできるだけ遅く店を出た。近くの喫茶店へ行ってコーヒーを飲み、アップルパイを食べた。それから外へ出て、角まで戻って路地に入った。路地を歩いて店までもあと四分の一の道のりというところで、バッドとメリー・ルーが路地の反対側から入ってきた。おれはどうすることもできずに歩き続けた。そうするしかなかった。だんだん近づいてきた。最後すれちがうときおれは言った、「どうも」二人は言った、「あっ、どうも」おれは歩き続けた。向こうの端から路地を出ると、道を渡ってバーに入った。坐った。そこに坐ってビールを一杯飲み、もう一杯飲んだ。カウンターの少し離れたところにいる女がおれに、マッチはあるかと尋ねた。おれは立ち上がり、女のタバコに火をつけてやった。と、女がおならをした。おれは女に、どこか近所に住んでるのかと訊いた。モンタナから来たと女は答えた。おれはモンタナの隣、ワイオミングのシャイエンでの不愉快な夜のことを思い出した。やがておれは店から出て、路地へ戻った。

おれはゴミ箱のところまで行って、手を伸ばした。まだあった。長方形の灰色の箱。持ってみると、空にはなってなかった。シャツの首のところからすべり込ませると、箱はズリ落ちて腹のところで止まった。おれは歩いて家へ帰った。

80

それから、日本人の女の子が雇われた。おれはずっと長いあいだ、ある奇妙な考えを抱いていた。それは、すべての困難と苦痛が終わったあと、ある日、日本人の女の子が現われていっしょに幸せに暮らす、というものだった。いや、幸せにというより、**安ら**

かに、深い共感と互いへの心遣いを持って、だ。日本人女性の骨格は美しい。頭蓋骨の形も、年齢とともに肌が張ってくることも魅力だった。太鼓の皮がぴんと張った感じ。アメリカ人女性の顔は年々ゆるんでいって、遂にはバラバラになる。ケツすらもバラバラになり、見苦しくなる。二つの文化の力も異なっている。日本人女性は直観的に、昨日と今日と明日を理解する。それは叡智と言っていい。それに持久力がある。アメリカ人女性は今日しかわからないから、その一日がうまくいかないと、それだけでボロボロになってしまいがちだ。

だからおれは、新しく来た女の子にすごく心を惹かれた。そのうえ、ジャンとしたたか酒を飲んでいたので脳みそが正体をなくして、妙に浮わついた気分になり、おかしな具合に捩れ、頭が変になって、日ごろより大胆になった。それで最初の日、彼女が注文を持ってくると、おれは言った。「よう、触れあおうぜ。おれ、あんたにキスしたいんだ」

「なに？」

「聞こえただろ」

彼女は行ってしまった。その時、おれは彼女が少しびっこなのに気づいた。わかった。数世紀にわたる苦悩と重荷ってやつだ……。

おれはテキサスを突っ走るグレイハウンドのバスの、ビール酔いで勃起した田舎者みたいに、彼女を追い回し続けた。彼女は興味を持った——おれのメチャクチャぶりを理解したのだ。おれは自分でも気づかないうちに、彼女の心を奪っていた。

ある日、客からの電話で、白い糊の一ガロン缶の在庫の問い合せがあり、彼女が隅に積んだ段ボールを調べに来た。おれは彼女を見て、手伝おうかと尋ねた。彼女は言った。「2－Gってハンコの押してある糊の箱を探してるの」

「2－Gかい」おれは言った。

おれは彼女の腰に手を回した。

「ねえ、おれたちうまくやって行けるよ。あんたは何世紀にもわたる叡智を持ち、おれはこんな人間だ。二人は巡り合うことになってたんだぜ」

彼女はアメリカ人の女みたいにクスクス笑いはじめた。「日本人の娘はそんなことしないの。あなた、いったいどうしたのよ？」

彼女はおれにもたれかかった。絵具の入った段ボールの列が壁際に並んでいるのが目に入った。おれは彼女をそっちへ連れて行き、段ボールの列の上に優しく坐らせた。そして彼女を押し倒した。おれは彼女の上に乗ってキスをし、服をまくり上げた。すると、店員のダニーが入ってきた。ダニーは童貞だった。ダニーは夜、絵画教室に通い、昼間は寝ていた。芸術とタバコの吸いがらの区別もつかないやつだった。「おまえら、なにしてんだ？」彼は言い、それから素早く事務所のほうへ歩いて行った。

バッドは次の日、おれを表の事務所へ呼んだ。「彼女もクビにせざるをえなかったよ」

「彼女のせいじゃない」

「だって、おまえといっしょにいたんだろ」

「おれが迫ったんです」

「彼女は受け入れたそうじゃないか、ダニーによれば」

「ダニーになにがわかるんです？　やつを受け入れたことがあるのはやつの手だけだ」

「ダニーは見たって言ってるんだよ」

「なにを？　おれは彼女のパンティだって下ろしちゃいない」

「ここは仕事をする場所なんだぞ」

「じゃあ、メリー・ルーはどうなるんです？」

「おれはおまえを信頼できる発送係だと思ったから雇ったんだ」

「そりゃどうも。それでおれは結局、左脚がびっこの目尻の上がった女を犯そうとしてクビになったってわけだ。自動車用塗料四〇ガロンの上で——ところでその塗料を、あんたは本物だと偽ってロサンゼルス市大芸術学部に売ってる。おれ、あんたのことを商業改善協会に通告しなくちゃな」

「おまえの小切手だ。これでもうおまえはクビだ」

「わかりました。サンタ・アニタで会いましょう」

「ああ、いいとも」彼は言った。

小切手には一日ぶんよけいに金額が書き込まれていた。握手をして、おれは出て行った。

81

次の仕事も長くは続かなかった。ほんの寄り道って感じだった。そこはクリスマス用品専門の小さな会社で、キャンドルやリース、サンタクロース、紙でできたツリーなんかを扱っていた。雇われたとき、十一月の第四木曜日、感謝祭の前までしか働けないぞとおれは言われた。感謝祭のあとには失業というわけだ。同じ条件で雇われたやつは、おれを含めて六人いた。おれたちは「倉庫番」と呼ばれ、仕事は主にトラックの荷物の積み下ろしだった。それに、倉庫番とは夢うつつの状態でむやみとタバコを吸っては、なにもせずに突っ立ってる男たちのことでもあった。でも、おれたち六人は感謝祭までもたなかった。毎日、昼めしにバーへ行こうと言い出したのはおれだった。おれたちの昼食時間はどんどん長くなっていった。ある午後、おれたちはもう戻らなかった。それでも次の朝、何事もなかったように、みんな揃って出社した。全員クビを言い渡された。

「さて」経営者は言った。「全員新しいのに入れ替えなくちゃならんな」「でも、感謝祭にはクビにするんだろ」おれたちのなかの一人が言った。「なあ」経営者は言った。「おまえら、もう一日働く気はないか？」「そしてその時間、あんたは面接してかわりのやつらを雇うってわけか？」一人が尋ねた。「やるか、やらないかだ」経営者は言った。おれたちはやることにして、一日中、バカみたいに笑ったり、空中に段ボールを投げたりしながら働いた。それから最後の小切手をもらい、おのおの酔っぱらった女の待つ自分の部屋へ帰った。

82

また蛍光灯の取付器具の会社だった。ザ・ハニービーム社。段ボールはたいてい、長さが一メートル半から二メートルで、中身が入るとすごく重かった。おれたちは一日十時間働いた。仕事の手順はすこぶる単純だ——組立てラインに出向いて部品を受け取ったら、それを持って帰り箱に詰める。働いてるやつのほとんどはメキシコ人と黒人だった。黒人たちはおれに言いがかりをつけ、生意気な口をきくなと責め立てた。メキシコ人たちは静かに引いて見ていた。毎日が戦いだった——おれ自身の命のため、そして詰めるのがいちばん早いモンティについていくための。やつらは一日中、おれに言いがかりをつけた。

「おい、おまえ。おい！　こっち来いよ、ほら！　おい、おまえに言ってんだよ！」

リトル・エディだった。こいつの減らず口は大したものだ。

おれは答えなかった。

「おい、おまえに言ってんだよ！」

「エディ、おまえが『オールド・マン・リヴァー』を歌ってるあいだに、ジャッキのハンドルをケツの穴に突っ込んでやろうか？」

「なんでおまえの顔はそんなに穴だらけなんだ、白んぼのガキ？　寝てる間にキリの上にでも落ちたのか？」

「おまえの下唇のその傷、そりゃなんだ？　つき合ってる男がチンポの先にカミソリくくりつけてんのか？」

休憩時間に、おれはビッグ・エンジェルと軽く喧嘩した。ビッグ・エンジェルはおれを殴ったが、おれのほうも何発かお返しし、うろたえることなくなんとか面目を保った。やつがおれにからむ時間が十分しかないとわかっていたのも心強かった。いちばん痛かったのは目に親指を突っ込まれたときだ。おれたちは互いにわめきながら仕事に戻った。

「おまえ、本物じゃねえな」やつが言った。

「いつか、おれが二日酔いじゃないときにかかってこいよ。おまえなんか表までぶっ飛ばしてやるから」

「オーケー」やつは言った。「完全に素面の時に来いよ。それで決着つけようぜ」

おれは即座に、絶対に素面では来るまいと決心した。

モリスは現場監督だった。平板な感じの男だった。まるで木かなにかでできていて、しかもその木には全然節がないって感じだった。おれは必要以上に彼と話さないようにしていた。オーナーの息子で、よその会社でセールスマンとしてなんとか成功しようとしたが結局失敗して、この会社に連れ戻されたのだ。彼が近づいてきた。

「**その目**どうしたんだ?　**真っ赤**じゃないか」

「椰子の木の下を歩いてたら黒ムクドリに突つかれたんです」

「目を?」

「ええ」

モリスは歩き去った。ズボンの股のところが尻に食い込んでいた……。

組立てラインがおれたちに追いつけなくなり、ぶらぶら待っているときが最高だった。組立てライン担当は大半が若いメキシコ人の女の子で、きれいな肌と黒い目をしていた。ぴっちりしたブルージーンズにセーター、それに、ケバケバしいイヤリングという姿だった。みんなすごく若くて健康で、有能で仕事を楽しんでいた。全員よく働き、時々誰かが目を上げてなにか言うと、みんなワッと笑って視線を交わし合った。そしておれは、彼女たちがぴっちりしたブルージーンズとセーター姿で笑うのを見ながら、もし今晩このなかの一人がおれとベッドを共にしてくれたら、こんなクソ仕事もずっと耐えやすくなるのになあと思った。おれたちの考えはみな同じだった。そしてこうも考えた。この娘たち、もうみんな誰かのものなんだよな。まあ仕方がない。どっちでもいいことだ。十五年後にはどうせみんな体重八〇キロ、きれいなのは自分の娘たちってことになってるんだろうから。

おれは八年前の型の車を買い、十二月中ずっとそこで働いていた。そしてクリスマスパーティがやって来た。十二月二十四日だった。酒や食べ物や音楽やダンスがあるはずだった。おれはパーティが大嫌いだった。どうやって踊ればいいのかわからないし、パーティに来ている連中が怖かった。みんなセクシーで明るく、気の利いたふうに見せようとして、そういうのが自分は得意なんだと思いたがっていた。しかし、思いどおりにはなっていなかった。ひどかった。一生懸命やるもんだから、よけいみっともなくなるばかりだった。

だから、ジャンがおれにもたれかかって「パーティなんてどうだっていいじゃない。あたしといっしょに家にいなさいよ。二人で酔っ払いましょうよ」と言ったとき、おれは、それもいいかなと思った。

クリスマスのあとで、パーティの話を聞いた。リトル・エディは言った。「おまえが来ないんで、クリスティーヌが泣いてたぞ」

「誰？」

「クリスティーヌさ。ちっちゃくて可愛いメキシコ人の女の子」

「誰だよ、それ？」

「組立てラインのうしろの列で働いてる娘さ」

「よせよ、寝言は」

「本当だって。大泣きに泣いたんだから。誰かが山羊ひげを生やしたおまえのでっかい絵を描いてさ、山羊ひげもちゃんと描いて壁に掛けた。そして下にはこう書いたんだ。『もう一杯！』ってね」

「そりゃすまなかった。先約があってな」

「ああ、大丈夫。彼女そのうち落ち着いて、おれと踊ったんだ。で、酔っぱらってケーキを吐いて、もっと酔って、黒人の男全員と踊ったんだ。彼女の踊り、ほんとにセクシーだったた。結局、ビッグ・エンジェルと家に帰ったよ」

「ビッグ・エンジェルのやつ、きっと彼女の目に**親指**突っ込んだんだろうな」おれは言った。


大晦日の午後、休憩のあとでモリスがおれを呼んだ。

「話がある」

「オーケー」

「ここへ」

モリスはおれを、段ボールを積んだあたりの暗い隅へ歩かせた。

「わかってますよ。今日で最後なんでしょう」

「そうだ」

「小切手、できてますか？」

「いや、郵便で送る」

「わかりました」

83

ナショナル・ベーカリー・グッズは、アパートの近くにあった。おれは白い上っ張りと自分用のロッカーをもらった。クッキーやビスケット、カップケーキなんかを作ってる会社だ。大学に二年通ったと申込用紙に書いたために、おれはココナッツ・マンとして採用された。ココナッツ・マンとは、台の上に立って、切り刻んだココナッツの入った樽にシャベルを突っ込み、すくった白いココナッツを機械のなかにドサッと落とす係だ。あとは機械がやってくれた。機械は下を通るケーキやらその他様々なものにココナッツをふりかけた。簡単で威厳ある仕事だった。おれは白い服を着て、切り刻んだココナッツを機械のなかに落としていた。部屋の反対側には、これまた白服、白帽の女の子たちが何十人もいた。おれには彼女たちがなにをしているのかはっきりとはわからなかったが、いつも忙しそうだった。おれたちは夜勤だった。

二日目の夜のことだ。それはゆっくりとはじまった。女の子が二人、歌いはじめた。「ああ、ヘンリー、ああ、ヘンリー、あなたの愛ってすごいのね！　ああ、ヘンリー、ああ、ヘンリー、ほんとになんてことなの！」どんどん女の子が歌に加わった。間もなく、全員が歌っていた。確かにおれに向けて歌っている、とおれは思った。

女の子たちの主任が、わめきながら走ってきた。「**わかった、わかったよみんな、もう充分だ！**」

おれは落ち着き払った顔で切り刻んだココナッツのなかにシャベルを突っ込みながら、すべてを受け入れた……。

遅番の最中にベルが鳴ったのは、二、三週間働いたあとだった。インターホンから声がした。「男性は全員、建物の裏に集まってください」

背広を着た男がおれたちのほうへ歩いてきた。「私の周りに集まってくれ」彼は言った。手に持ったクリップボードに紙が一枚挟まっていた。男たちは彼を取り巻いて輪になった。みんな白い上っ張りを着ていた。おれは輪のいちばん外れに立った。「会社の景気が悪くなってきてる」男は言った。「こんなこと言うのは申し訳ないんだが、景気が良くなるまで、君たち全員を解雇しなくちゃならない。今から私の前に並んでくれれば、名前と電話番号と住所を聞いておこうと思う。もし会社の景気が上向いたら、最初に連絡が行くのは君たちだ」

男たちは列を作りはじめたが、それは激しく競り合い罵り合いながらだった。おれは列には加わらなかった。同僚が従順に名前と住所を言っているのを見ていた。おれは思った。こういうのがパーティのとき、きれいに踊るやつらなんだ。おれは自分のロッカーへ戻って白い上っ張りを吊るし、シャベルを壁に立てかけて外へ出た。

84

ホテル・サンズはロサンゼルスでいちばんのホテルだった。古いホテルだったが、新しいところにはない気品と魅力があった。ダウンタウンの公園の真向かいにあった。

そこはビジネスマンの会議に使われることと、ほとんど伝説的とも言える才能を持った高級娼婦がいることで有名だった――彼女たちは儲かった夜には、ベルボーイにまでお裾分けをするという話だった。大富豪になったベルボーイたちの話もあった。三〇センチのペニスを持ち、年上の客と出会って結婚するという、どえらい幸福に恵まれたベルボーイたちの話だ。そして**食べ物、ロブスター**。白くて高い帽子をかぶった黒人の巨漢シェフたち。彼らは食べ物のことだけでなく、人生も、おれのことも、なにもかも知っていた。

おれは荷物の積み下ろし台に配置された。その積み下ろし台には一流の**流儀**があった。せいぜい二人分の荷物しかないトラックにも、いちいち十人で取りかかるのだ。おれはいちばんいい服を着て、何にも触らずにすんだ。

おれたちは（おれはやらないが）、ホテルに届けられたものをすべて下ろした。その大部分は食料品だった。金持ちはきっとロブスターばかり食ってるんだろう、とおれは思った。何箱も何箱も届くロブスターは大きくてうまそうなピンク色をしていて、ハサミと触角を動かしていた。

「これ食いてえだろう、なあ、チナスキー」

「ああ、その通り」おれはよだれを垂らす。

ある日、人事課の女がおれを呼んだ。人事課は積み下ろし台の奥にあった。「日曜日、あなたに人事課を担当してほしいの、チナスキー」「なにをすればいいんです？」「ただ電話に出て、日曜日の皿洗いを雇って」「わかりました！」

最初の日曜日はよかった。おれはただそこに坐っていた。まもなく年寄りの男が一人入ってきた。「なんだい？」おれは尋ねた。男は高そうなスーツを着ていたが、皺が寄って少し汚れていた。袖口も擦り切れてきている。手に帽子を持っていた。「あの」男は言った。「素敵な座談屋はいかがですか？　お客様を出迎えてお話しできる人物は？　わたくし、魅力も充分ございますし、上品な話もできる。人を笑わせることもできるんですが」

「そう？」

「はい、左様で」

「じゃあ、おれを笑わせてみて」

「あの、おわかりになってらっしゃらないようで。雰囲気やら、**お部屋の装飾なんかの道具立て**がきちんとしていないことには……」

「おれを笑わせてみな」

「あの……」

「ダメだね、あんた、堅苦し過ぎるよ！」

皿洗いは、正午に雇われることになっていた。おれは事務所から表へ出た。そこには、四十人の浮浪者が立っていた。「さあ、よく働くやつはいるか！　**よく働く男**、五人だ！

飲んべえはダメ、変態もダメ、共産主義者、子供にいたずらするやつもダメ！　それに、社会保障カードが必要だ！　さあ、カードを出して上にかざせ！」

カードが出た。みんな振っていた。

「おい、持ってるぞ！」

おれはゆっくりやつらを見渡した。「オーケー。襟に糞のシミがついた、おまえだ」

「おい、ここだ！　少しはいい目、見させてくれよな！」

おれは指差した。「前に出ろ」

「糞のシミじゃありませんぜ。こりゃ肉汁ですよ」

「どうかなあ。おまえなんか、ローストビーフっていうより、女の股でも食ってるように見えるけどな！」

「ワッハッハ」浮浪者たちは笑った。「ワッハッハ！」

「よし、さあ皿洗いが**あと四人だ！**　ここに一ペニー貨が四枚ある。今から投げるぞ。今日皿を洗うのは、これをおれのところへ持ってきた四人だ！」

おれは硬貨を空高く人込みの上へ投げ上げた。みんな飛び上がり、転び、服が裂け、罵り合い、誰かが叫び、殴り合いが何か所かで起こった。それから、幸運な四人が前へ出た。みなぜいぜい言いながら硬貨を握りしめていた。おれは労働カードを配り、彼らがまずは食事にありつく従業員用のカフェテリアへ手招きした。他の浮浪者たちは、のろのろと積み下ろし台を歩いて行き、飛び降り、路地を通って日曜日のロサンゼルス繁華街の不毛の地へ消えて行った。

85

一人でいられる日曜日は最高だった。おれはじきに、ウィスキーを一パイント持っていくようになった。ある日曜日、前の晩激しく飲んでいたので、その一本がメチャクチャ効いた。おれは記憶を失くしてしまったのだ。家に帰ったあと、その晩の異常な行動をぼんやりと憶えている気もしたが、それもはっきりしたものではなかった。次の日の朝、仕事へ行く前にジャンにそのことを話した。「なにかしくじったような気がするんだ。でももしかしたら、ただの妄想かもしれない」

おれは建物のなかに入り、タイムレコーダーのところへ行った。棚におれのカードはなかった。おれは振り返って、人事課の年配の女に近づいた。彼女はおれを見て、そわそわ落ち着かない様子だった。「ファリントンさん。おれのタイムカードがないんだけど」

「ヘンリー、わたし、あなたのことずっといい子だって思ってたのに」

「えっ？」

「自分がなにをしたか、憶えてないのね」彼女は訊き、不安そうにあたりを見回した。

「ああ、はい、その通りです」

「あなた、酔ってたわ。ペルビントンさんを男性用のロッカールームに閉じ込めて、外へ出さなかったの。三十分もよ」

「おれ、その人になにしたんです？」

「だから、彼を外へ出さなかったの」

「彼って、誰？」

「このホテルの副支配人よ」

「おれ、他になにしました？」

「このホテルをどうやって経営すればいいか講釈してたわよ。ホテル業三十年のペルビントンさんに。娼婦は一階に限って登録したうえで、定期的に身体検査を受けさせるべきだって。このホテルに娼婦なんていないのよ、チナスキーさん」

「ええ、知ってますよ、ペルビントンさん」

「ファリントンよ」

「ファリントンさん」

「あなた、ペルビントンさんに、積み下ろし台には十人も要らない。二人で充分だって言ってたわ。それに、もし生きたままのロブスターを全従業員に毎晩一匹ずつ、バスや路面電車のなかでも運べるような特製の籠に入れて持ち帰らせれば盗みも減るだろう、ともね」

「冗談がお上手ですね、ファリントンさん」

「警備員がいくら言っても、あなたはペルビントンさんを解放しなかった。それに、彼のコートも破いてしまって。警察が来て、あなた、やっとペルビントンさんを解放したのよ」

「で、おれはクビになったわけですね？」

「そういうわけ、チナスキーさん」

おれは箱の積んであるうしろを歩いて行った。ファリントンさんが見てない隙に、さっとカフェテリアのほうへ向かった。まだ食券があった。最後の良い食事ってわけだ。食材は上の階で客に出してるのとほとんど同じで、盛りはこっちのほうが多かった。食券を握りしめておれはカフェテリアへ入り、お盆とナイフとフォーク、それからコップと紙ナプキンを取った。食べ物のカウンターへ近づいた。そしておれは目を上げた。カウンターの向こうの壁に貼られていたのは、大きく殴り書きされた白い厚紙だった。


ヘンリー・チナスキーにはなにも食べ物をやるな

おれは誰にも気づかれずにお盆を戻し、カフェテリアから出た。積み下ろし台を歩いて路地へ飛び降りた。浮浪者が一人、寄ってきた。「ねえ、タバコある?」そいつは尋ねた。おれは二本取り出して一本を相手にやり、もう一本は自分でくわえた。おれはそいつのタバコに火をつけてやり、それから自分のにもつけた。そいつは東へ行き、おれは西へ向かった。

86

「農場労働市場」は、五番通りとサン・ペドロ通りの交差するところにあった。そこへ五時に行くのだ。着いたころにはまだ暗かった。男たちは、ボサッと坐ったりなんとなくそこらに立ったりして、タバコを巻きながら小声で話していた。こういう場所はいつでも同じ臭いがした――ムッとする汗と、小便と、安ワインの臭いだ。

その前日おれは、キングズリー通りに住む不動産屋の家にジャンが引っ越すのを手伝った。おれは廊下の向こうからは見えない位置に隠れて、やつがジャンにキスするのを見た。それから二人はアパートのなかへ消え、ドアが閉じられた。おれは一人で道を歩いて帰りながら、風に吹き飛ばされた紙や溜まったゴミで道路がちらかっていることに初めて気づいた。おれたちはアパートから追い立てられたのだ。おれは二ドル八セントしか持っていなかった。ジャンはおれに、あんたの運が変わるまで待ってるわと約束したが、おれはそんな言葉、ほとんど信じちゃいなかった。不動産屋の名前はジム・ビミスで、アルヴァラード通りにオフィスがあり、金もどっさり持っていた。「彼とセックスするの、イヤなのよ」とジャンは言った。たぶん今ごろやつにも、おれのことを同じように言ってるんだろう。

オレンジとトマトが何箱か重ねられていて、どうやらタダらしかった。おれはオレンジを一個取り、皮に食いついて汁を吸った。ホテル・サンズを辞めてから、失業保険はもう使い果たしていた。

四十歳くらいの男がおれに近づいてきた。髪は染めているらしく、人の髪というより、糸のようだった。頭上のライトが男をぎらぎら照らしていた。顔には茶色のほくろがあり、その大半が口の周りに集まっていた。ほくろの一つ一つから黒い毛が一、二本ずつ生えていた。

「調子はどう？」彼は言った。

「悪くないね」

「いや、結構だ」

「フェラチオしてほしくない？」

「おれは熱いぜ、なあ、燃えてるんだよ。おれ、ほんとに上手いんだから」

「あの、悪いけど、そういう気分じゃないんだ」

彼は怒って行ってしまった。おれは大きな部屋を見回した。五十人の男が待っていた。十人ばかりの州の職安事務員が、机の前に坐ったり、歩き回ったりしていた。みんなタバコを吸い、浮浪者たちより心配そうな顔をしていた。事務員と浮浪者は、床から天井まである重い金網のフェンスで仕切られていた。誰かがそれを黄色に塗っていた。すごく冷たい感じのする黄色だった。

浮浪者と接触を持たなければならなくなると、事務員はフェンスについた小さなガラス窓の鍵を開け、ガラス戸を引いた。書類の処理が終わると事務員はその窓を閉め、内側から鍵をかけた。そのたびに、希望が消えたような気がした。おれたちはみな、窓が開くとハッとした。誰かに訪れるはずのチャンスなら、誰にだって可能性があるからだ。しかし窓が閉まると、希望も消し飛んだ。そしておれたちは互いに顔を見合わせた。

黄色い仕切りと事務員たちの向こう、奥の壁に、黒板が六枚並んでいた。白いチョークと黒板消しがあり、まるで小学校みたいだった。そのうちの五枚はきれいに消されていたが、それでもうっすらと、前に書いてあった用件が読み取れた。それは定員が満たされて久しく、今やおれたちには永久に失われた仕事の跡だった。

六枚目の黒板には、こう書いてあった。

ベーカーズフィールドでトマト摘み募集

おれは、トマト摘みなんて機械に押されてもうなくなったと思っていた。ところがどうして、まだあったのだ。どうやら人間のほうが機械より安上がりらしい。それに機械は壊れる。ああ。

おれは待合室を見回した――東洋人もユダヤ人もいない、黒人もほとんどいない。浮浪者の大半は、貧乏白人かメキシコ系だ。一人か二人いる黒人はすでにワインで酔っぱらっていた。

と、事務員の一人が立ち上がった。大柄でビール腹の男だった。縦に黒い縞の入った、黄色いシャツが目を引いた。糊のきき過ぎたシャツにアームバンドをしている――一八九〇年代の写真なんかによく出てくる、袖が落ちないようにはめるやつだ。彼は歩いてきて、黄色い仕切り窓の鍵を開けた。

「さあ！　おまえらを積んでベーカーズフィールドへ出かけるトラックが裏に来てるぞ！」

彼は窓を閉めて鍵をかけると、机の前に坐ってタバコに火をつけた。

しばらくのあいだ、誰も動かなかった。それから一人ずつ、長椅子に坐っているやつらが立ち上がり伸びをはじめた。やつらの顔に表情はなかった。立っていた男たちは床にタバコを捨て、靴底で念入りに火を消した。そしてのろのろと民族大移動が始まった。全員が並び、横のドアからフェンスで囲まれた中庭へ入った。

太陽が出てきたところだった。互いにはっきりと顔を見るのはこれが初めてだった。見慣れた顔に出くわして、何人かの男がニヤリと笑った。

おれたちは一列に並び、太陽が昇ってくるなか、押し合いながらトラックの後部へ向かった。すでに出発の時間だった。おれたちは、第二次大戦中に陸軍が使った、キャンバス地の屋根の裂けたトラックに乗り込んだ。荒々しく押し合い、同時にせめて多少なりとも礼儀正しくしようとしながら前に進んで行った。そのうち肘で押されるのに疲れて、おれはうしろへ下がった。

あんまり大勢乗れるので、おれは感心した。トラック後部の一方の端に大きなメキシコ人の親方が立ち、手招きをしていた。「いいぞ、いいぞ、入れ、入れ……」

男たちはゆっくりと前へ動いて行った。クジラの口に飲み込まれるみたいだった。

トラックの脇から男たちの顔が見えた。静かに話し、笑っていた。そのとき、おれはやつらが嫌いだと思い、孤独を感じた。それから、おれがトマトを摘んでもかまうことないんだと心に決め、乗り込むことにした。誰かがうしろからおれにぶつかって来た。太ったメキシコ女で、すごく興奮しているようだった。おれは彼女の腰を摑んで押し上げてやった。ものすごく重かった。どうにもうまく持ち上がらない。やっとおれの手がなにかを摑まえた。どうやら手がすべって、彼女の股のいちばん奥にはまったみたいだ。おれは彼女を押し込んだ。それから手を伸ばし、自分も乗り込もうとした。おれはいちばん最後だった。メキシコ人の親方が、おれの手を踏んづけた。「ダメだ」彼は言った。「もう充分だ」

トラックのエンジンが始動し、引っかかって止まった。運転手はもう一度ふかした。トラックは出発し、みんな行ってしまった。

87

「産業労働者」は、ドヤ街のちょうど端にあった。ここの浮浪者のほうが身なりもよく若かったが、無気力さは同じだった。窓際にボサッと坐って背を丸め、日光で体を温めながら、「産業労働者」の出してくれるタダのコーヒーを飲んでいた。クリームも砂糖もなかったが、タダだった。事務員とおれたちとのあいだに金網の仕切りはなかった。「農場労働市場」よりも電話がたくさんかかってきたし、事務員もゆったりとしていた。

おれは窓口へ行き、取られないように鎖でつながれたペンと一枚のカードを渡された。「記入して」事務員が言った。ハンサムなメキシコ人の男の子で、てきぱきした仕事ぶりにも人柄の温かさがにじみ出ていた。

おれはカードに記入しはじめた。住所と電話番号のところに「なし」と書き入れた。そして学歴と取得技能の欄にはこう書いた。「ロサンゼルス市大に二年。ジャーナリズムと美術」

それから事務員に言った。「書き間違えちゃいました。もう一枚もらえませんか？」

彼はカードを一枚くれた。さっきのかわりにおれはこう書いた。「ロサンゼルス高校卒。発送係、倉庫係、人夫、タイプも少々」

おれはカードを返した。

「よし」事務員は言った。「坐ってて。なにか来てるか見てみるから」

おれは窓際に空いた場所を見つけて窓枠に腰かけた。おれの隣に坐ってたのは年寄りの黒人男だった。面白い顔だった。この部屋に坐ってる大部分の男のような諦めの表情がなかった。自分自身やおれたちを笑わずにいるのに一苦労といった感じだった。

彼を眺めていると、向こうもおれを見た。彼はニヤリと笑った。「ここの経営者って、なかなか利口なんだぜ。そいつ、『農場労働市場』をクビになって頭にきたんだな。で、この場所を始めたってわけだ。臨時雇いの仕事だけに絞ってな。誰かが安く速く荷物を下ろしたいとする。そしたら、そいつはここへ電話するんだ」

「ああ。そうらしいな」

「安く速く荷物を下ろしたいやつは、ここへ電話する。ここの経営者は、給料の五割をピンハネする。でもおれたちは文句を言わない。もらえるぶんだけもらっておく」

「おれなんかにはそれで充分だよ。どうだっていい」

「なんだおまえ、落ち込んでるのか。いったいどうしたんだ」

「女にフラれた」

「また別の女とつき合って、またフラれるさ」

「そいつら、みんなどこ行くのかな?」

「これ飲んでみろ」

紙袋に瓶が入っていた。一口飲んだ。ポートワインだった。

「どうも」

「そうだな、女はドヤ街にはいないよな」

彼はもう一度瓶を渡してくれた。「おれたちが飲んでるとこ、やつに見られるなよ。酒だけは許してもらえない」

おれたちが飲んでるあいだ、何人かが呼ばれ、仕事に出かけた。おれたちは元気づけられた。少なくとも何か動きはあるわけだ。

その黒人とおれは、瓶を回しながら待っていた。

そうして瓶は空になった。

「いちばん近い酒屋は?」おれは尋ねた。

どっちの方角か訊いてから、おれは出かけた。どういうわけか、昼間のロサンゼルスのドヤ街はいつも暑かった。熱気のなか、年寄りの浮浪者が重いオーバーを着てうろうろしている。しかし日が落ちて宿泊所がいっぱいだと、そんなオーバーがなにかと重宝なのだ。

酒屋から帰ってみると、わが友人はまだそこにいた。

おれは坐り、瓶を開け袋ごと手渡した。

「見られないように気をつけろよ」彼は言った。

そこでワインを飲むのはいい気分だった。

蚊が何匹か、おれたちの前に集まって輪を描きはじめた。

「ワイン好きの蚊だな」彼は言った。

「酒びたりだぜ、こいつ」

「いいものはなにか知ってるのさ」

「やつらも女を忘れるために飲むんだよな」

「ただ飲むだけさ」

おれは手を振りまわし、宙にいるワイン好きの蚊を一匹捕まえた。手を開くと、そこには黒いシミと二つの小さな羽があるばかりだった。奇妙な眺めだ。なにもない、まったくのゼロだ。

「やつが来たぞ！」

ここを経営している、若くてハンサムな男だった。やつはおれたちのところへ飛んできた。

「よし！　ここから出て行け！　出て行けよ、この飲んだくれ！　おれが警察呼ぶ前に、ここから出て行け！」

突き飛ばし、罵りながら、やつはおれたちを急き立てた。おれは、悪いなと思った。腹は立たなかった。押されながらも、おれにはわかっていた。おれたちがやってることなんて、やつは本当は気にしちゃいないのだ。やつは右手に大きな指輪をはめていた。おれたちの動きがのろすぎたせいで、おれは左目の上にやつの指輪をまともに食らってしまった。血が流れはじめ、どんどん湧き出てくるのをおれは感じた。おれは相棒と表に出た。

おれたちは歩いて行った。どこかの玄関口を見つけ、その階段に坐り込んだ。おれは相棒に瓶を渡した。彼はグッと一口飲んだ。

「いい酒だ」

彼はおれに瓶を戻した。おれも一口飲んだ。

「ああ、いい酒だ」

「お日様が昇ってる」

「ああ、ちゃんと昇ってる」

おれたちは黙って坐り、瓶を回し合った。

そして瓶は空になった。

「それじゃ」彼は言った。「おれは行くよ」

「じゃあな」

彼は去っていった。おれは立ち上がり、彼とは反対方向に歩いて角を曲がり、大通りを歩いた。ロキシーの前に来るまで歩き続けた。

ストリッパーの写真が正面のガラスの向こうに並んでいた。おれは窓口に行って切符を買った。写真より受付の女の子のほうがきれいだった。今や手持ちは三八セントだった。おれは暗い劇場に入り、前から八列目に坐った。

おれは運がよかった。ちょうど映画が終わったところで、最初のストリッパーが舞台に上がっていた。ダーリーン。一人目はいつも最悪に決まっている。たいていの場合、落ちぶれた古参、コーラス・ラインで脚を上げるしかない手合いばかりだ。今日はダーリーンから始まった。たぶん誰かが殺されたか、生理か、発作を起こしたかで、ダーリーンのところにソロを踊るチャンスが巡ってきたのだろう。

でもダーリーンは素敵だった。痩せっぽちだが、胸はあった。柳のような体。細い背中、細い体の下に巨大なケツがついていた。まるで奇跡だ——男を狂わせるのに充分な奇跡。

ダーリーンはスリットの深く入った黒くて長いベルベットのガウンを着ていた——ふくらはぎと腿は、その黒をバックに白くくすんで見えた。彼女は踊り、濃いマスカラをつけた目でおれたちを見た。彼女にとってはチャンスだった。カムバックしたい、もう一度メインダンサーになりたい。そうなったらいいなとおれも思った。彼女がジッパーを下ろすにつれて、体がどんどんあらわになり、黒のしゃれたベルベットから脚や白い肉がこぼれ出た。彼女はたちまちピンクのブラとバタフライだけになった——踊りに合わせて偽のダイヤが揺れ、キラキラと輝いた。

ダーリーンは踊りながらステージの端に行き、舞台の袖のカーテンを摑んだ。破れて穴のあいたカーテンには、埃が厚く積もっていた。四人のバンドのビートに合わせて、ピンクのスポットライトを浴びて踊りながら、彼女はカーテンを摑んでいた。

彼女はカーテンとセックスを始めた。バンドはリズムに合わせて揺れていた。ダーリーンは本当にカーテンとやっていた。バンドが揺れ、彼女が揺れた。ピンクのライトは突然、紫に変わった。バンドの音が上がり、目いっぱい音楽が鳴り響いた。彼女は絶頂に達したようだった。頭がガクンとうしろに垂れ、口が開いた。

それから彼女は体を起こし、舞台の真ん中まで踊りながら戻った。おれの坐っている場所から、曲に合わせて彼女が小声で歌っているのが聞こえた。彼女はピンクのブラを摑んで引き剝がした。三列目の男がタバコに火をつけた。もうバタフライしかつけていなかった。彼女は臍に指を入れ、悩ましい声で呻いた。

ダーリーンは舞台の中央で踊り続けた。バンドの演奏は静かになっていた。彼女はゆるやかに腰を回し始めた。おれたちとやっているのだ。ビーズのついたバタフライがゆっくりと揺れた。それから、四人のバンドは徐々にテンポを上げていった。クライマックスが近づいた。ドラマーは爆竹のように太鼓の縁を叩いた。彼らは疲れ、やけくそになってるように見えた。

ダーリーンは剝き出しの胸を指でまさぐり、おれたちに見せびらかした。彼女の目は夢であふれ、唇は濡れて開いていた。それから彼女はさっと向きを変え、おれたちに向けて巨大なケツを振った。ビーズが跳ねて光り、狂ってきらめいた。スポットライトが太陽のように揺れ踊った。四人のバンドはパチパチドンドン音を立てた。ダーリーンはぐるぐる回って、ビーズを引き裂いた。おれは見た。彼らは見た。肉色の薄い布の向こうに彼女のオマンコの毛を。バンドの音が彼女のケツをガンガン叩く。

そしておれは、勃たなかった。

訳者あとがき

ブコウスキー作品のいちばんの特徴は、みもふたもないということだ。例えば『勝手に生きろ！』にはこんなシーンがある。金がなくてキャンディバーだけを食べながらチナスキーは小説を書いている。彼は言う。「でも、空腹がおれの芸術を高めることはなかった。かえって邪魔になっただけだ。人間の魂の根本は胃にある」確かに、腹が減ってはやる気がでないもんな。読者はそう思い、だがあまりのそのまんまさに笑ってしまう。そのとき、文学とは何か、きれいな文章で書かれた高尚なものだという考えは崩される。あるいはインタビューでのこんな言葉。「書くため苦しまなきゃならないなんて古い理論、古い決まりごとだ。そりゃ本当かもしれないよ……でも嫌いだね。苦しまず書かないってほうがいい。幸せでいて書かないほうがいいよ、わかるだろ？　書くことはそんなに重要じゃない」(Duval, *Bukowski and the Beats* p. 150)。苦悩に満ちた芸術家、なんて考えをさらりとかわしてしまうブコウスキー。彼はこうしたアンチ文学としての文学をどうやって発明したのか。そしてそれにより何を成し遂げているのか。

彼が目指したのはあらゆる嘘の否定である。生活の現実から離れたきれいごととしての文学もそうだろうし、社会を成り立たせるための常識もそうだろう。『くそったれ！少年時代』にも、行きもしなかったパレードを扱った作文を先生に褒められ、みんなが求めているのはよくできた嘘なのか、と驚くシーンがある。アメリカ社会を覆ういちばん重要な嘘はアメリカン・ドリームだ。どんな貧乏人も努力すれば大統領にだってなれる、という例のあれである。それじゃあ、かつて奴隷にされ、いまだ貧困に苦しむ黒人たちは努力が足りないのか？　ブコウスキーもその一人である、移民やその子孫たちはどうだ？　もちろん全員が大統領になれる社会なんてあり得ない。アメリカン・ドリームはむしろ、おまえたちが貧乏なのは努力が足りないからだと言いくるめ、アメリカ社会の貧困や差別、階級の問題を覆い隠す役割を果たしている。おれを苦しめてきたのは「白人キリスト教徒たち」（『くそったれ！少年時代』）だという意識を持つブコウスキーはあくまで、労働者の立場から社会の嘘を暴きたてる。

ブコウスキーは徹底して労働の現実を描く。『勝手に生きろ！』に出てくるビスケット工場のシーンは圧巻だ。やけどしようがふらふらになろうが、チナスキーは犬のビスケットを毎日八時間焼き続ける。「こういう仕事では人は疲れ切ってしまう。疲れるというより、だるくなってくる。極端なことを口にする」ブコウスキーの文学的師匠であるジョン・ファンテにだって、こんなことは書けない。もちろんたくさん本は読んでいるものの、ブコウスキーの文学は決してインテリのものではない。ブルーカラーの文学であるという点では、レイモンド・カーヴァーやリチャード・ブローティガンなど、労働者の現実を扱った他の西海岸の作家たちと比較すべきだろう。もちろん彼らの手法はだいぶ異なっている。カーヴァーは簡潔で最小限の言葉を使い、日常生活に起こる奇跡のようなものを切り取ったし、ブローティガンは逆に、幻想的な文章の断片を積み重ねた。だが、彼ら三人に共通しているのは貧困であり、西海岸の風景であり、言葉の徹底した貧しさや直接性であって、東海岸のエスタブリッシュメントが書く文学とはまったく違う。東海岸からやって来たビートの作家たちとの違いもそこにある。

だからこそブコウスキーは集団を嫌う。工場・学校・病院・軍隊など、人を束にして効率的に操作しようとする仕組みにあらがうのだ。徹底して個人であろうとするブコウスキーは語る。「他のやつらと同じことばっかりやってたら、他のやつらと同じ人間になっちまうぜ」(Pivano, *Charles Bukowski: Laughing with the Gods* p.38)。だからこそ『勝手に生きろ!』でも、チナスキーはギャンブルに勝って上司の鼻をあかそうとし、時計をいじっては時間厳守という考えをおちょくる。もちろんギャンブルはいつか負けるし、壊れた時計は役に立たないのだが、そうした気持ちはよくわかる。「おれたちの社会では、選択の余地は誰にも与えられてない。八時間働くか、飢えて死ぬかだ。社会にがんじがらめにされてて、みんな恐怖から働き続ける。そこから逃れられるやつなんてどれだけいる?」(Duval, *Bukowski and the Beats* p. 145)。組織批判、規律批判という点では、同世代の理論家であるミシェル・フーコーと近い。ちなみにブコウスキーは一九二〇年生まれ、フーコーは一九二六年生まれである。晩年のフーコーがカリフォルニアを好み、多くの時間を過ごしたことも考え合わせると、両者の共通点は意外に多いのかもしれない。

特に二人に共通しているのが、いつも誰かに監視されているという認識だ。『監獄の誕生』でフーコーが語ったように、ブコウスキーの世界でも人々はいつも監視されている。監視しているのは父親的な上司だ。主人公は怠け、上司の目を盗んでは飲みに行き、いわばひとりぼっちのストライキを決行し続ける。だがそのたび執拗に発見され、叱責され、解雇される。ほとんどフロイトの言う反復強迫だ。そしてこの構図がエディプス・コンプレックス的なものであることは明らかだろう。『くそったれ! 少年時代』では、幼少時に父親から受けた凄惨な児童虐待が語られるが、このトラウマ体験をチナスキーの生きざまのたった一つの原因だと考えては、ブコウスキー解釈の可能性はせばまってしまうだろう。しかし、作品読解の大きな鍵となっていることは確かである。失業者の父親は息子に芝刈りをさせ、まだ一本残っていると言ってはバスルームで激しく鞭打ちを行う。ここで重要なのは、決して母親は助けてくれないということだ。「『こんなの間違っているよ』とわたしは母に訴えた。『どうしてぼくを助けてくれなかったの?』

『父さんはいつも正しいのよ』と母が答える」（『くそったれ！　少年時代』）。家庭内にまったく味方がいない。まさに出口無しである。『くそったれ！　少年時代』に登場する看護婦にしても、『勝手に生きろ！』のジャンにしても、チナスキーが心を寄せる女性が決まって年上なのはこんな理由もあるのかもしれない。自分の家庭では得られなかったともさ、優しさを求めること。もちろん結局はそれにも失敗し続けてしまうわけだが。

父親的存在の批判はマッチョ批判にもつながる。酒を飲み女と寝るブコウスキー作品は一見、マッチョの権化のようだが、細かく見るとまったく違う。例えば、強い性欲を抱いて異性に近づくのは必ず女性である。『勝手に生きろ！』でチナスキーが娼婦に襲われるシーンは一例だ。ジャンにしても、あまりに激しくセックスを求めて、チナスキーがクビになっても気にしないし、いったん金がないとなれば、さっさと他の男に乗り換える。職業斡旋所で出会った黒人との会話もすごい。チナスキーが「女にフラれた」と言うと、「また別の女とつき合って、またフラれるさ」と返される。まさに恋愛の主導権はすべて女性にあるとでも言わんばかりだ。その極点に『詩人と女たち』は位置するのだろう。作家として成功したチナスキーと寝るために、女性たちは外国からでもやってきてしまう。一方チナスキーはただただ翻弄され続ける。自分の弱さをさらけだし、女性たちの強さを讃える。そこからブコウスキーのオフビートな魅力は生まれている。

ブコウスキーはアメリカ以外での評価が高い。特にヨーロッパでは大人気で、生前は主に、海外からの印税で生活していたようだ。ドイツでは歩いているだけで、ロックスターなみに人が列をなしてついてきたこともあったらしい。彼がドイツのアンデルナハ生まれであることも考え合わせると興味深い。ブコウスキーは一九二〇年、アメリカ軍の兵士としてドイツに駐留していた父親とドイツ人の母親との間に生まれた。父親もドイツ移民の息子である。幼少時にアメリカに移住し、そのままロサンゼルスで育った。『くそったれ！ 少年時代』で描かれたとおり、父親は失業も経験し、実際に幼児虐待も行っていたらしい。成人したブコウスキーは放浪時代を経たあと、長い年月に亘って郵便局に勤め続けた。野蛮な無頼派のイメージである彼が、実は五〇歳まで公務員だったのは面白い。当時の様子は『ポスト・オフィス』に詳しい。そのあいだ詩人・小説家・エッセイストとして旺盛な活動を続けたものの、生活を支えられるほどは売れなかった。そのあと版元であるブラック・スパロウ・プレスの支えもあり、専業作家になってからは大きな成功を収めた。一九九四年、遺作『パルプ』を残して七三歳で死去。死因は白血病であった。

イメージとは異なり、彼の作品はただ生活の実感を書きつづった素朴なだけのものではない。ドストエフスキーからセリーヌまで広く読んでいた彼の作品は、いずれも他の著作への密かな言及に満ちている。例えば『勝手に生きろ！』はクヌート・ハムスンの『飢え』とジョン・ファンテの『塵に訊け！』を下敷きにしている。初めての小説が雑誌に採用されるシーンなどは『塵に訊け!』の該当部分とそっくりである。これは別にパクったなどという話ではなく、尊敬する作家へのオマージュ、あるいは本歌取りと考えるべきだろう。貧乏な移民の青年がロサンゼルスで作家を目指すという『塵に訊け!』の基本構造を使いながら、ブコウスキー自らが体験した恋愛や労働の実感をうまく織り込んでいるのだ。その意味で、彼の作品は自伝的であると同時に、本の世界の旅でもある。だからこそ、SF、ハードボイルド、戦争物など、彼が若いころ耽読したパルプ雑誌への言及に満ちた『パルプ』が遺作なのもうなずけるだろう。これは一種の、ブコウスキー作品全体の種明かしだったのではなかったか。まあ、読者はそんなことは考えずただ楽しめばいいのだろうが。ちなみに、本作の原題 *Factotum* は「雑用係」「何でも屋」という意味である。もとのラテン語では fac (=do) + totum (=all)、すなわち「何でもやれ」という命令型だ。タイトルにすら誰かの命じる声が入っているのは興味深い。

ブコウスキーの著作はあまりにも多く、このあとがきでは紹介しきれない。刊行されたものだけでも一〇〇冊ほどあり、ハーパーコリンズなどの版元からいまだ新刊が出続けている。ここでは邦訳があるものだけを紹介したい。

『ブコウスキー・ノート』山西治男訳、文遊社、一九九五年。(*Notes of a Dirty Old*

Man, 1969）

『ポスト・オフィス』坂口緑訳、幻冬舎アウトロー文庫、一九九九年。（*Post Office*, 1971）

『ブコウスキー詩集2　モノマネ鳥よ、おれの幸運を願え』中上哲夫訳、新宿書房、一九九六年。（*Mockingbird, Wish Me Luck*, 1972）

『町でいちばんの美女』青野聰訳、新潮文庫、一九九八年。（*The Most Beautiful Woman in Town and Other Stories*, 1972）

『ありきたりの狂気の物語』青野聰訳、新潮文庫、一九九九年。（*Tales of Ordinary Madness*, 1972）

『ブコウスキーの「尾が北向けば…」埋もれた人生の物語』山西治男訳、新宿書房、二〇〇一年。（*South of No North*, 1973）

『勝手に生きろ！』（本書）（*Factotum*, 1975）

『詩人と女たち』中川五郎訳、河出文庫、一九九六年。（*Women*, 1978）

『ブコウスキーの酔いどれ紀行』中川五郎訳、河出文庫、二〇〇三年。（*Shakespeare Never Did This*, 1979）

『ブコウスキー詩集　指がちょっと血を流し始めるまでパーカッション楽器のように酔っぱらったピアノを弾け』中上哲夫訳、新宿書房、一九九五年。（*Play the Piano*

Drunk/Like a Percussion Instrument/Until the Fingers Begin to Bleed a Bit, 1979)

『くそったれ！　少年時代』中川五郎訳、河出文庫、一九九九年。（*Ham on Rye,* 1982)

『ブコウスキーの3ダース』山西治男訳、新宿書房、一九九八年。（*Hot Water Music,* 1983)

『パンク、ハリウッドを行く』鵜戸口哲尚・井澤秀夫訳、ビレッジプレス、一九九九年。（*Hollywood,* 1989)

『オールドパンク、哄笑する』鵜戸口哲尚訳、ビレッジプレス、二〇〇一年。（*Septuagenarian Stew,* 1990)

『パルプ』柴田元幸訳、新潮文庫、二〇〇〇年。（*Pulp,* 1994)

『死をポケットに入れて』中川五郎訳、河出文庫、二〇〇二年。（*The Captain Is Out to Lunch and the Sailors Have Taken Over the Ship,* 1998)

本作『勝手に生きろ！』は訳者にとって思い出深い著作である。二六歳のつたない訳者を激励し支えてくれたのは、柴田元幸先生と今は亡き担当編集者・安原顯氏だった。文学とは何か、文章とは何かについて訳者に叩き込んでくれた二人はまさに真の教育者であった。深く感謝しています。そして、この本が長い時を越え再び命をもたらされた幸運を喜びたい。これはひとえにブコウスキー文学の力だろう。ある青年に、「おれ、今まで本一冊も読んだことなかったけど、この本だけは最後まで読めました。面白かった」と言われたことはこの一〇年間、訳者にとって大切な支えだった。こんな出会いをくれたブコウスキーに感謝。

都甲幸治

二〇〇七年五月

参考文献

Brewer, Gay. *Charles Bukowski*. NY: Twayne, 1997.
Bukowski, Charles. *Factotum*. Santa Rosa: Black Sparrow Press, 1975.
Duval, Jean-François. *Bukowski and the Beats*. Northville, Michigan: Sun Dog Press, 2002.
Pivano, Fernanda. *Charles Bukowski: Laughing with the Gods*. Northville, Michigan: Sun Dog Press, 2000.
ジョン・ファンテ『塵に訊け！』都甲幸治訳、ＤＨＣ、二〇〇二年。
ミシェル・フーコー『監獄の誕生』田村俶訳、新潮社、一九七七年。

ブコウスキーの危険な魔力――『勝手に生きろ！』新装版訳者あとがき

約三〇年前、大学院を出たばかりの僕がやっとの思いで出した初の翻訳書である『勝手に生きろ！』が、こんなにも長いあいだ、読者に愛され続けることになるとは当時、思いもよらなかった。ただ仕事や家族や愛について、何一つ包み隠すことなく正直に語り続ける本書が自分の心に刺さったという実感だけを頼りに、ひたすら訳文を紡いだことだけを憶えている。そして僕は誇張なしに、この本のおかげで、文学で生きていこうと決めた。もちろん明るい見通しなんてまるでなかったが、一歩ずつ歩み続け、気づけば今になっていた。思えば、最初の瞬間からとても幸福な文学人生だ。

二〇〇七年に映画『酔いどれ詩人になるまえに』の公開に合わせて本書の河出文庫版が出たあと、日米でブコウスキーを巡って様々なことが起こった。まずは二二年の『郵便局』の刊行である。本書『勝手に生きろ！』のすぐ後の時代から、チナスキーが五〇代になるまでを扱う事実上の続篇であり、なおかつブコウスキー最初の長篇であるこの本は、とても重要な作品だ。にもかかわらず、一九九九年に坂口緑氏の訳で『ポスト・

オフィス』として幻冬舎アウトロー文庫から出て以来、長いこと絶版が続いてきた。

だから光文社古典新訳文庫から、訳してみないか、という話をいただいたときに僕は狂喜した。ブコウスキーを理解するための必読書であるだけでなく、何よりこの本自体、この上なく面白い。加えてブコウスキーがアメリカ文学の古典としてようやく認められたことを示す出来事だったと思う。

全米を放浪する旅を終え、ロサンゼルスに戻ってきたチナスキーは、ふとしたことから郵便配達員の仕事に就く。こんなに楽な仕事はない、との話は名ばかりで、奇妙な住民にどやされるやら、獰猛な犬に襲われるやら、毎日信じ難いほどの困難に出会う。おまけに上司はきわめつけの嫌なやつだ。だが、なぜだか彼の中で負けず嫌いの精神がむくむくと湧き上がり、ついには正規職員の座まで勝ち取る。だがそこで燃え尽きていったんは辞め、その後わけあって再び郵便局に舞い戻る。

一九五〇年から一九七〇年まで、ブコウスキー自身が中断を挟みながら郵便局に勤め続け、そのかたわら詩やエッセイを書いていた。その時代の彼の苦労が、本書では余すところなく描かれている。『勝手に生きろ!』を読んでチナスキーの人生に興味を持ってくれた読者は次に、是非とも『郵便局』を手に取って欲しい。彼の仕事や人生への問いかけが、『郵便局』でますます深まっていることがわかるだろう。

自分にとって、約三〇年ぶりにブコウスキーの小説を訳すのは、とても奇妙で楽しい経験だった。思えば二〇代で『勝手に生きろ！』を訳したとき、僕は大学院を出たあとの人生に何の展望も抱けないまま、ただひたすら目の前にあるブコウスキーの言葉を日本語に置き換えることに集中し続けた。もちろんものすごく不安だった。でも、大量に辞書を引き、なんとか摑み取った英語の文章にふさわしい日本語を全力でたぐり寄せているあいだは、そうした悩みも忘れていられた。だから、ブコウスキーを翻訳するという作業は、困難でありながら、同時に僕に心の平安を与えてくれてもいた。

そのあと僕はブコウスキーの言葉に導かれるように、ロサンゼルスにある南カリフォルニア大学の大学院に進学し、そこで三年間を過ごしながら、あの猥雑で汚らしくも美しい街の空気を吸い続けた。その点では、ロサンゼルスは僕にとって、第二の故郷と言えるほどの場所である。目を閉じれば、ブコウスキーの作品に出てくる様々な場所が浮かんでくる。

だからこそ、あの街を思い出しながら『郵便局』を訳すのは不思議な体験だった。郵便配達員のチナスキーがロサンゼルスを這い回るのと一緒に、脳内では僕もロサンゼルスを這い回る。しかも、今や大学という巨大組織で働きながら五〇代になった僕にとって、日々の労働の辛さや、組織特有の不条理さは、知らず知らずのうちにとても身近なものとなっていた。

言い換えれば、『郵便局』という、大人の日々の苦さを描いた作品を訳すのにちょうどいい年齢に差し掛かっていた、と言えるかもしれない。こうして、僕は再びブコウスキーと出会い直した。そして彼の作品を訳しながら、彼とともに笑い、愛し、苦しみ、実際には一度も会ったことのない親友同士として旧交を温めることができた気がする。

さて、ブコウスキー紹介に戻ろう。『郵便局』以外では、中川五郎氏の訳業が目立っている。書簡集『書こうとするな、ただ書け』(青土社、二〇二二年)では、ブコウスキーの熱い言葉が、小説とはまた違った形で綴られている。『勝手に生きろ!』の読者にとって興味深いのは、本書が刊行されるだいぶ前から、ブコウスキーが様々な仕事の経験について語っていることだ。

早くも一九四七年四月二七日の書簡では、ブコウスキー自身やサリンジャー、サローヤンなどを見出した伝説の編集者ウィット・バーネット宛に、ブコウスキーは初の長篇小説の計画について書いている。「タイトルは『Blessed Factotum／ありがたき雑仕事』となるはずで、底辺にいる労務者、工場や都会のこと、度胸や醜悪さについて、酒浸りのことなどが書きこまれることになるでしょう」(一二一ページ)。本書『勝手に生きろ!』が実際に刊行されたのは一九七五年だから、なんとブコウスキーは三〇年近くもこの本のアイディアを温めていたことがわかる。

そのほかにも、ドストエフスキーやセリーヌ、クヌート・ハムスンなどの作家たちについてブコウスキーは熱く語っている。特にアントナン・アルトーについては、彼の文章を読んでいると、まるでことごとく自分が書いたもののように思える、とまで言っていることが興味深い。このことを見ても、彼がアメリカやヨーロッパの古典、そして特に二〇世紀の前衛文学を読みこなした上で、自分なりの脱力スタイルにたどり着いていることがよくわかる。アメリカ西海岸の飲んだくれ文学という、長く貼り付けられてきたレッテルの向こう側には、大量の読書の上に成り立った、ブコウスキーの文学への真摯な問いがあったことは明らかだ。

その他、検閲について何度も語っていることも興味深い。編集者は文章の自然な流れを断ち切るほど作品を手直ししようとする。その他にも彼の性や暴力を巡る描写を禁じようとする人々が次から次へと現れる。だが、そもそも文学とは現実を正面から直視することではなかったか。「現実を見ることなく善人ぶった立場で自らを検閲しないようにしようではないか」(二〇一ページ)。こうした彼の姿勢はとても倫理的なものに思える。

中川五郎氏は他にも、「未収録+未公開作品集」と銘打って『ワインの染みがついたノートからの断片』(二〇一六年)と『英雄なんかどこにもいない』(二〇二〇年)の二冊を刊行している。ウィト・バーネットの編集する『ストーリー』誌に掲載されたブコウスキーのデビュー短篇「長ったらしい断り状が引き起こした出来事の顚末」や、『勝手に生きろ!』で描写された時代を扱ったエッセイなどなど、今まで単行本に入らなかったのが不思議なほど魅力的な文章が詰まった二冊だ。

僕が好きだったのはこの言葉だ。「自分の持ち物はすべてスーツケース一個に収まらなければならない。そうすればあなたの精神は自由になることだろう」(『ワインの染みがついたノートからの断片』一五二ページ)。まさに『勝手に生きろ!』の冒頭部分そのままだ。荷物は最小限で、気分の赴くまま旅して行くこと。ブコウスキー文学の原点にはそうした思いがあったことがよくわかる。

日本語で書かれたブコウスキー論としては、坂根隆広氏の『チャールズ・ブコウスキー　スタイルとしての無防備』(三修社、二〇一九年)が出色の出来だった。主にブコウスキーの詩を中心に、鳥や猫といった動物の表象を手がかりにしながら、ブコウスキーは言葉の外側にあるものを語ろうとし続けてきたと彼は論じる。浩瀚(こうかん)かつ詳細な参考文献表を見ても、この本が多大な労力と愛情をもって書かれていることは明らかだ。二一世紀に入って、こうした大学の研究者によるブコウスキーについての論考が出てくるようになったことには、大きな時代の変化を感じる。

目を海外に転じよう。『書こうとするな、ただ書け』の編者であるスペインの学者アベル・デブリットは、研究書『チャールズ・ブコウスキー　アンダーグラウンドの王様』(*Charles Bukowski: King of the Underground.* Palgrave MacMillan, 2013)を皮切りに、ブコウスキーの作品集を何冊も編集している。『猫について』(*On Cats.* Ecco, 2015)、

『愛について』（*On Love.* Ecco, 2016）、『飲むことについて』（*On Drinking.* Ecco, 2019）、『ブコウスキー主要詩集』（*Essential Bukowski: Poetry.* Ecco, 2016）、詩集『生者と死者のための嵐』（*Storm for the Living and the Dead.* Ecco, 2017）だ。

これまで取り上げた以外で、二〇〇七年以降に英語で刊行されたブコウスキーの著作は以下のとおりである。詩集『持続する状況』（*The Continual Condition.* Ecco, 2009）、『ブコウスキー・ノート』の続篇であるエッセイ集『続ブコウスキー・ノート』（*More Notes of a Dirty Old Man.* City Lights Books, 2011）、短篇集『誰のためにも鐘は鳴らない』（*The Bell Tolls for No One.* City Lights Books, 2015）、エッセイ集『息と道の数学』（*The Mathematics of the Breath and the Way.* City Lights Books, 2018）。

一九九四年に亡くなってからもう三〇年も経つのに、いまだ次々と詩集や短篇集、エッセイ集などが刊行されるところに、ブコウスキーという存在の持つ底知れない力を感じる。なんでも、彼の未刊行の原稿は複数の大学図書館などに収蔵されているらしい。今後も様々な研究者たちの手でブコウスキーの新たな魅力を伝えてくれる編著や研究書が続々と現れることだろう。

二〇二〇年の生誕百周年をとうに過ぎてもまだ、一般読者から大学の研究者にまで、広く愛され続けるブコウスキー文学の魅力は尽きない。この『勝手に生きろ！』の新装版で、あなたもその危険な魔力のとりこになってくれたら嬉しい。

本書は、一九九六年三月に学習研究社より単行本として刊行され、
二〇〇七年七月に河出文庫に収録したものです。

Charles Bukowski:
FACTOTUM
Copyright © Charles Bukowski, 1975
Japanese translation rights arranged with Ecco,
an imprint of HarperCollins Publishers, New York
through Japan UNI Agency, Inc., Tokyo

勝手(かって)に生(い)きろ！

二〇〇七年 七 月二〇日 初版発行
二〇二四年 五 月一〇日 新装版初版印刷
二〇二四年 五 月二〇日 新装版初版発行

著 者 C・ブコウスキー
訳 者 都甲幸治(とこうこうじ)
発行者 小野寺優
発行所 株式会社河出書房新社
〒一六二-八五四四
東京都新宿区東五軒町二-一三
電話〇三-三四〇四-八六一一（編集）
〇三-三四〇四-一二〇一（営業）
https://www.kawade.co.jp/

ロゴ・表紙デザイン 粟津潔
本文フォーマット 佐々木暁
印刷・製本 中央精版印刷株式会社

落丁本・乱丁本はおとりかえいたします。

本書のコピー、スキャン、デジタル化等の無断複製は著作権法上での例外を除き禁じられています。本書を代行業者等の第三者に依頼してスキャンやデジタル化することは、いかなる場合も著作権法違反となります。

Printed in Japan ISBN978-4-309-46803-7

死をポケットに入れて

チャールズ・ブコウスキー　中川五郎〔訳〕　ロバート・クラム〔画〕　46218-9

老いて一層パンクにハードに突っ走るＢＵＫの痛快日記。五十年愛用のタイプライターを七十歳にして Mac に替え、文学を、人生を、老いと死を語る。カウンター・カルチャーのヒーロー、Ｒ・クラムのイラスト満載。

詩人と女たち

チャールズ・ブコウスキー　中川五郎〔訳〕　46160-1

現代アメリカ文学のアウトサイダー、ブコウスキー。五十歳になる詩人チナスキーことアル中のギャンブラーに自らを重ね、女たちとの破天荒な生活を、卑語俗語まみれの過激な文体で描く自伝的長篇小説。

西瓜糖の日々

リチャード・ブローティガン　藤本和子〔訳〕　46230-1

コミューン的な場所アイデス〈iDeath〉と〈忘れられた世界〉、そして私たちと同じ言葉を話すことができる虎たち。澄明で静かな西瓜糖世界の人々の平和・愛・暴力・流血を描き、現代社会をあざやかに映した代表作。

お前らの墓につばを吐いてやる

ボリス・ヴィアン　鈴木創士〔訳〕　46471-8

伝説の作家がアメリカ人を偽装して執筆して戦後間もないフランスで大ベストセラーとなったハードボイルド小説にして代表作。人種差別への怒りにかりたてられる青年の明日なき暴走をクールに描く暗黒小説。

舞踏会へ向かう三人の農夫　上

リチャード・パワーズ　柴田元幸〔訳〕　46475-6

それは一枚の写真から時空を超えて、はじまった――物語の愉しみ、思索の緻密さの絡み合い。二十世紀全体を、アメリカ、戦争と死、陰謀と謎を描いた驚異のデビュー作。

舞踏会へ向かう三人の農夫　下

リチャード・パワーズ　柴田元幸〔訳〕　46476-3

文系的知識と理系的知識の融合、知と情の両立。「パワーズはたったひとりで、そして彼にしかできないやり方で、文学と、そして世界と戦った。」解説＝小川哲

オン・ザ・ロード

ジャック・ケルアック　青山南〔訳〕　46334-6

安住に否を突きつけ、自由を夢見て、終わらない旅に向かう若者たち。ビート・ジェネレーションの誕生を告げ、その後のあらゆる文化に決定的な影響を与えつづけた不滅の青春の書が半世紀ぶりの新訳で甦る。

裸のランチ

ウィリアム・バロウズ　鮎川信夫〔訳〕　46231-8

クローネンバーグが映画化したW・バロウズの代表作にして、ケルアックやギンズバーグなどビートニク文学の中でも最高峰作品。麻薬中毒の幻覚や混乱した超現実的イメージが全く前衛的な世界へ誘う。

ジャンキー

ウィリアム・バロウズ　鮎川信夫〔訳〕　46240-0

『裸のランチ』によって驚異的な反響を巻き起こしたバロウズの最初の小説。ジャンキーとは回復不能になった麻薬常用者のことで、著者の自伝的色彩が濃い。肉体と精神の間で生の極限を描いた非合法の世界。

麻薬書簡　再現版

ウィリアム・バロウズ／アレン・ギンズバーグ　山形浩生〔訳〕　46298-1

一九六〇年代ビートニクの代表格バロウズとギンズバーグの往復書簡集で、「ヤーヘ」と呼ばれる麻薬を探しに南米を放浪する二人の謎めいた書簡を纏めた金字塔的作品。オリジナル原稿の校訂、最新の増補改訂版！

インドへの道

E・M・フォースター　小野寺健〔訳〕　46767-2

大英帝国統治下のインドの地方都市を舞台に、多様な登場人物の理解と無理解を緻密に描き、人種や宗教、東洋と西洋、支配と非支配といった文化的対立を、壮大なスケールで示した不朽の名作。

黄色い雨

フリオ・リャマサーレス　木村榮一〔訳〕　46435-0

沈黙が砂のように私を埋めつくすだろう——スペイン山奥の廃村で朽ちゆく男を描く、圧倒的死の予感に満ちた表題作に加え、傑作短篇「遮断機のない踏切」「不滅の小説」の二篇を収録。

楽園への道

マリオ・バルガス=リョサ　田村さと子〔訳〕　46441-1

ゴーギャンとその祖母で革命家のフローラ・トリスタン。飽くことなく自由への道を求め続けた二人の反逆者の激動の生涯を、異なる時空を見事につなぎながら壮大な物語として描いたノーベル賞作家の代表作。

ガルシア=マルケス中短篇傑作選

G・ガルシア=マルケス　野谷文昭〔編訳〕　46754-2

「大佐に手紙は来ない」「純真なエレンディラと邪悪な祖母の信じがたくも痛ましい物語」など、世界文学最高峰が創りだした永遠の物語。著者の多面的な魅力を凝縮した新訳アンソロジー。

フリアとシナリオライター

マリオ・バルガス=リョサ　野谷文昭〔訳〕　46787-0

天才シナリオライターによる奇想天外な放送劇と、「僕」と叔母の恋。やがてライターの精神は変調を来し、虚実は混淆する……ノーベル文学賞作家の半自伝的スラップスティック青春コメディ。解説＝斉藤壮馬

失われた地平線

ジェイムズ・ヒルトン　池央耿〔訳〕　46708-5

正体不明の男に乗っ取られた飛行機は、ヒマラヤ山脈のさらに奥地に不時着する。辿り着いた先には不老不死の楽園があったのだが——。世界中で読み継がれる冒険小説の名作が、美しい訳文で待望の復刊！

パタゴニア

ブルース・チャトウィン　芹沢真理子〔訳〕　46451-0

黄金の都市、マゼランが見た巨人、アメリカ人の強盗団、世界各地からの移住者たち……。幼い頃に魅せられた一片の毛皮の記憶をもとに綴られる見果てぬ夢の物語。紀行文学の新たな古典。

ハイファに戻って／太陽の男たち

ガッサーン・カナファーニー　黒田寿郎／奴田原睦明〔訳〕　46446-6

二十年ぶりに再会した息子は別の家族に育てられていた——時代の苦悩を凝縮させた「ハイファに戻って」、密入国を試みる難民たちのおそるべき末路を描いた「太陽の男たち」など、不滅の光を放つ名作群。

著訳者名の後の数字はISBNコードです。頭に「978-4-309」を付け、お近くの書店にてご注文下さい。